名 家 散 文 典 藏

**彩插版**

# 培 根 散 文 精 选

（英）培根　　著

张和声　　译

长江出版传媒 ｜ 长江文艺出版社

图书在版编目（ＣＩＰ）数据

培根散文精选 / （英）培根著；张和声译.-- 武汉 ：
长江文艺出版社， 2017.12
（名家散文典藏：彩插版）
ISBN 978-7-5354-9879-3

Ⅰ. ①培… Ⅱ. ①培… ②张… Ⅲ. ①散文集－英国
－中世纪 Ⅳ. ①I561.63

中国版本图书馆 CIP 数据核字(2017)第 191318 号


责任编辑：陈俊帆　　沈瑞欣　　　　　责任校对：陈　琪
封面设计：龙　梅　　　　　　　　　　责任印制：邱　莉　　王光兴

出版：　长江出版传媒　　长江文艺出版社

地址：武汉市雄楚大街 268 号　　　　邮编：430070
发行：长江文艺出版社
电话：027—87679360
http://www.cjlap.com
印刷：湖北恒泰印务有限公司

开本：640 毫米×970 毫米　　　1/16　　印张：14.25　　插页：8 页
版次：2017 年 12 月第 1 版　　　　　2017 年 12 月第 1 次印刷
字数：155 千字

定价：28.00 元

# 知识的力量何在？

穷人喜欢谈钱，更喜欢听富人谈钱。涉世不深的毛头小子爱谈人生，饱经风霜的世故老人谈得更好。英国大学者弗朗西斯·培根（1561—1626）就是这样一个世故老人，他的作品五百年来广为流传，给正在人生道路上跌打滚爬的后生以种种启迪。

培根的一生宦海沉浮，曾经拜官授爵，春风得意；几度官场失意，受辱豪门；甚至身陷囹圄，饱尝世态炎凉。他的学问受到后人的推崇，他的人品常遭后世的非议。讲哲学，揭人性，论政治，抒情趣，他的作品读来别有一番滋味。

培根出身名门，偏偏少年丧父。他父亲曾被封为男爵，出任掌玺大臣。但作为幼子，培根没有得到任何家产，还屡屡受到亲戚的冷眼。他靠个人奋斗在法律界崭露头角，成为格雷法学院高级讲师。这在当时堪称殊荣，但出身世家的培根更渴望在政治上出人头地，为谋取官位，他不惜奔走权门。一封封言辞卑下的请托信，给这位大学者的人格涂上一层层难以抹去的灰色。"为了高位，身心俱累；付出辛苦，招来痛苦；为求当官的尊贵，不惜舍弃为人的尊严。"（《随笔·论高位》）一席话道尽官场的悲辛。

培根也曾指望依靠自己的政治才干获得晋升，在国会中提议案，作讲演，为英王的内外政策进行辩护。但他的滔滔颂词没能赢得女王的欢心，他的一句非议却触犯了女王的逆鳞。培根曾对一个征税计划提出异议，认为与民争利未必与国有利。女王极为恼怒，对他大加贬斥，原本有望得到的高位也被政敌捷足先登。

　　培根转而投靠艾塞克斯伯爵，也颇受器重。不料伯爵起兵叛乱，旋即兵败入狱。培根再次押错政治赌注，好在他没有参与谋反。女王颇为吊诡，故意让培根起草审判书，参与陪审。为了摆脱干系，培根只得对昔日之友反戈相向。落井下石之举使培根逃过一劫，忘恩负义的丑名也令他百口莫辩。

　　詹姆斯一世继位后，培根官运亨通，先后被封为男爵和子爵，历任副检察长、总检察长、掌玺大臣、大法官、上议院议长。官位之高，声名之隆超过了他的生父。人一得意，难免忘形，这位大法官居然接受贿赂。政敌抓住把柄群起而攻之，培根被判罚金四万镑，并被逐出宫廷，沦为伦敦塔中的阶下囚，结婚多年的妻子也离他而去。"位高易倾，轻则官场失意，重则身败名裂。"（《随笔·论高位》）这话就像他自作的谶言。

　　培根为后人留下了不少格言，最有名要数"知识就是力量"了。Knowledge itself is power. 有意思的是 power 一词也未尝不可译为"权力"，培根的一生是追求知识的一生，更是追求权力的一生。权力向他闭上了大门，但知识仍在向他招手。丢官后的培根一心著书，5个月内便完成了《亨利七世时期的英国史》。他把这部书献给英国王太子查理，可见这位弃官还是身在江湖，心存魏阙。1623 年，《学术的进展》的拉丁文增译本刊行，哲理小说《新大西岛》问世。1625 年，《随笔集》修订本出版。1626 年 4 月 9 日，培根因病去世。病因是他在大雪天突发奇想，出外挖雪，填入鸡的腹腔内，以便观察冷冻的防腐作用。受凉后一病不起，终于倒在探索求知的征途中。后来马克思将他誉为"英国唯物主义和整个现代实验科学的始祖"。

培根追求权力的一生是如此失败，培根追求知识的一生又何等辉煌。权力能左右荣辱于一时，思想的余晖则能泽及万世。"知识就是力量"，培根的人生经历和思想遗产为此作了最好的诠释。

培根是个多产的学者，作品涉及面甚广，《学术的进步》《新工具》等著作足以奠定他在学术史上的伟大地位，最为人称道的却是那本薄薄的《随笔集》。《随笔集》最早发表于1597年，后来几易其稿，多有增删，直到作者去世，仍未定稿。五十多篇随笔是培根一生的经验总汇，虽然篇幅不大，但内涵丰富，称得上是一部人生小百科。

人是复杂的，作为一个兼哲学家、文学家、法官和政治家于一身的人，培根的思想尤其复杂，人们不难从他的作品中发现面目各异的培根。

《论真理》《论死亡》《论善与性善》《论人的天性》……从这些篇章中，我们可以看到一个热爱哲学的培根。

他崇尚真理，认为："人生至乐莫过于高踞清新纯静的真理之巅，俯瞰谷底种种谬误迷惘，云遮雾障。……如果所思所念能以仁慈为主宰，以天道为归宿，以真理为枢纽，那简直是身居尘世乐比天堂。"

他参透生死："复仇之欲压倒死亡，爱恋之情蔑视死亡，荣誉之尊高于死亡，悲伤之极向往死亡，畏惧之心期待死亡。……死亡开启荣誉之门，熄灭嫉妒之心。"

他直指人性："德以善为首，此乃上帝的特性。若无这种品性，人将沦为蝇营狗苟、惹是生非、无可救药的贱货。"

《论高官》《论谋反与动乱》《论王权》《论野心》《论强国之道》……从这些篇章中，我们可以看到一个热衷于政治，深谙官场运作的培根。

他深知民为国之本，国家要想强大，关键要有骁勇善战之民，不可竭泽而渔："负重的驴子难以成为好斗的幼狮，赋役深重的百姓难以成为骁勇尚武的国民。"为政既不可得罪巨室，也不可视百姓为草芥，因为"肚子造反，后果最惨。如果上层的破产和下层的赤贫同时发生，那就更是危在旦夕。民怨之于政体，犹如气血之于人体，郁积不畅，必然遭殃"。

他对官场的险恶体会尤深，虽然也曾吃尽苦头，还是津津有味地大谈官场运作之道。君子不党，但要想官场得意，不妨先做小人："地位低下的人要想升迁，就不得不依附党派。……跻身高位如攀援曲折的楼梯，路遇派系之争，中途不妨有所依傍，位居高官后则以中立求稳为上。"


《论父母与儿女》《论婚姻与独身》《论爱情》《论友情》……从这些篇章中，我们可以看到一个富有生活情趣的培根。

《论逆境》《论幸运》《论残疾》……从这些篇章中，我们可以看到一个自强不息的培根。

《论作伪与掩饰》《论嫉妒》《论野心》《论狡猾》《论言谈》……从这些篇章中，我们可以看到一个工于心计、老于世故的培根。

你可以将培根的作品视为生活交友的教科书，也可以把它看成混迹官场的厚黑学。按照培根的说法，"有些书可浅尝辄止，有些书可囫囵吞食，个别的书则须细嚼慢咽，充分消化"。他的论述虽然还谈不上字字珠玑，毕竟称得上琳琅满目，令人有目不暇接之感，值得读者细嚼慢咽。至于见仁见智，只能是因人而异了。


就拿"知识就是力量"来说，有的人读了几本书，就不知天高地厚，有组织无纪律，对朝廷大政腹诽巷议，对上司的言行说三道四，结果那点知识反成了毁灭自身的"力量"。有人指出,培根之所以垮台,书生气未尽是一大原因,他拿了人家的钱,却不肯枉法,自然要遭暗算。自恃才学过人,目无群众,也难免遭人嫉恨。其实当时英国政坛贪腐风行,比他更黑的官员车载斗量,却大多安然无恙。当然,这样曲为之辩好像是五十步笑百步,不过,古往今来,百步笑五十步的怪事不也所在多有吗?

有的人则善于将知识作为谋取权力的手段,将知识视为与权力相辅相成的玩意。如通过读书,跳入龙门,混一顶乌纱帽,博导院士之类的头衔不请自来。争得个学术承包"带头人",著作等身亦是等闲之举。"学而优则仕"进化到"仕而优则学","知识就是力量"蜕变为"权力就是知识",这倒是培根所始料不及的,他老先生当年虽官居高位,但字字句句都是长夜青灯下心血铸成。古人厚道,今人聪明,人类在进步。

培根强调"知识就是力量",但他也明白知识不能包打天下。他还说过"人欲胜天,必先顺天"。(Nature is only commanded by obeying her. 钱锺书先生译为:"非服从自然,则不能使令自然。")套用这句格言,是不是可以说"人欲处世,必先顺世"呢?如何才算"顺世"?是世人皆醉我亦醉,还是世人皆黑我更黑?培根没有这么直说,不过在《论狡猾》《论嫉妒》等篇什中作者详述了一些不那么光彩的处世伎俩,尽管讲得头头是道,他的命运多蹇恰恰证明了书生玩不过流氓,除非比流氓更流氓。

强者不言勇,富者不谈钱。培根的人生毕竟不那么圆满,纵然著作等身,但官场失意,心犹未甘,所以他要反反复复地大谈政治,大谈人生。他谈得不错,也不妨一读,但不必太当真。

熟读《孙子兵法》不会成为百战百胜的元帅,熟读巴菲特也成不了日入千金的股神,熟读《厚黑学》还是玩不过真正的官场厚黑,更不要指望培根的论述能让读者时来运转。但我们毕竟勘不透人生的荣辱得失，静夜思人生，相聚道人生，想想自己的人生，听听别人谈人生，人生也就这样悄然而去了，莫非这就是人生的宿命？

人生一场戏。作为观众，尽可欣赏人间喜剧的丑态怪状。作为演员，不得不咽下人世悲剧的辛酸苦辣。"人既不是天使，也不是禽兽；但不幸就在于想表现为天使的人却表现为禽兽。"（帕斯卡尔《思想录》）

日换星移，人性不易。今日的名利场还像四百年前一样喧嚣，今人的欲望比四百年前更为炽烈，今天徘徊于歧路的心灵依旧渴望智者的点拨。"知识就是力量"也好，"知识就是权力"也罢，作品的广为流传是培根的幸运，也未尝不是世人的悲哀。

张和声

2014 年 6 月

名家散文典藏　培根　散文精选

# 目录

## ◆ 哲学篇 ◆

◆ 人性篇 ◆

# ◆ 政治篇 ◆

◆　情趣篇　◆

◆ 社交篇 ◆

◆ 生活篇 ◆

哲

学

篇

# 论真理

人生至乐莫过于高踞清新纯静的真理之巅，俯瞰谷底种种谬误迷惘，云遮雾障。

"真理算什么东西？"彼拉多不无嘲讽地问道，问罢却不屑等待答复①。有的人确实毫无定见，将固守一种信仰视为自扛枷锁，所思所行皆推崇自由意志。这种哲学流派虽已成为历史，好辩的遗风至今犹存。其言论虽与古人同出一辙，其底气已今不如昔。然而人们喜爱谎言不仅仅是因为探索真理殊非易事，或是因为真理会束缚人的思想，讨厌真理，喜爱谎言，出自人们与生俱来的劣根性。希腊晚期哲学学派中卢奇安②曾探讨此事，他搞不清人们为何如此喜欢谎言，说谎既

---

① 彼拉多，罗马帝国巡抚，在行将处死耶稣前，彼拉多对他说："你是王吗？"耶稣回答说："你说我是王，我为此而生，也为此来到世间，特为给出真理作见证；凡属真理的人，就听我的话。"彼拉多说："真理是什么呢？"语见《新约·约翰福音》第18章第37、38节。

② 卢奇安 Lucian of Samosata（约120~180年），2世纪希腊修辞学家、讽刺作家，最著名的作品有《神的对话》和《冥间的对话》等，此处指其对话体作品《爱说谎者》。

不能像作诗那样令人赏心悦目，也不会像经商那样使人发财致富。我只能说，真理是赤裸裸的，犹如日光。世间种种虚假浮华做作自夸在烛光之下显得那般堂皇典雅，在日光的直射下就大为减色了。真理的价值犹如珍珠，在日光下显得最美。真理可能抵不上钻石和红宝石的价值，后者在不同的光线下能尽显美色。假象悦目，谎言顺耳。假如从人们的心中排除一切虚荣、自负、想入非非的幻觉，所剩余的不就是些猥琐、郁闷、病态和令人厌烦的东西吗？对此，谁又会怀疑呢？

　　一位先贤曾将诗歌斥为"魔鬼之酒"，因为诗出自想象，充满着虚幻不实之词，然而诗仅仅是谎言的影子。如前所述，真正害人的不是那些掠过脑际的幻觉，而是潜伏在心底的谎言。尽管这些东西存在于人们荒谬的观念和偏爱之中，真理只受自身的评判。探寻真理就要热爱真理，追求真理；认识真理就是与之共存；信仰真理就要能欣赏真理；这才是人性中最高的美德。

　　上帝造物之初，先造感性之光，最后创造理性之光。① 安息日之后，上帝的工作便是以圣灵昭示世人，将光明洒向混沌，洒向选民，普照人间。② 有一个并不出色的哲学派别，其中却有一个令其增色的诗人。③ 他说得极好："伫立岸边，凭眺海上颠簸的船舶，乃一大乐事；站在城堡的窗前，目睹世间干戈扰攘，成败兴衰，亦人生一乐；

----

　　① 《旧约·创世记》第 1 章第 1—5 节："起初，神创造天地。地是空虚混沌，渊面黑暗。神的灵运行在水面上。神说，要有光，就有了光。神看光是好的，就把光暗分开。神称光为'昼'，称暗为'夜'。有晚上，有早晨，这是头一日。"即指感性之光。第 27 节："神就照着自己的形象造人，乃是照着他的形象造男造女。"即指理性之光。

　　② 安息日的出典见《旧约·创世记》第 2 章第 1—3 节："天地万物都造齐了。到第七日，神造物的工已经完毕，就在第七日歇了他一切的工，安息了。神赐福给第七日，定为圣日，因为在这日神歇了他一切创造的工，就安息了。"

　　③ 指拉丁诗人和哲学家卢克莱修 Lucretius（约公元前 99~前 55），卢克莱修的代表作有长诗《物性论》。

然而，人生至乐莫过于高踞清新纯静的真理之巅，俯瞰谷底种种谬误迷惘，云遮雾障。"只要观者心存怜悯而不自傲，这番议论还是言之有理。如果所思所念能以仁慈为主宰，以天道为归宿，以真理为枢纽，那简直是身居尘世乐比天堂。

且让我们从神学和哲学方面的真理转向日常生活的真理。即使品行不端之人也承认正直坦率乃人性之尊严。金银币中掺杂合金后虽然容易铸造，成色却大打折扣，为人时真时伪同样如此。蛇无足，只能卑贱地贴着地皮蜿蜒而行，狡诈虚伪的伎俩恰如蛇行。①

弄虚作假背信弃义一旦被人识破将无地自容，由此带来的羞辱甚于其他恶行。"谎言"一词为何如此令人蒙羞，如此令人厌恶？蒙田②说："谎言直面上帝，回避世人。细加掂量，说某人撒谎等于说他勇于面对上帝，怯于面对世人。"对谎言的揭发可谓一针见血。谎言犹如钟声，它呼唤上帝对世人做出最后的审判。有道是："基督重临之日，世间已无诚信可言。"③

选自《随笔集》

---

① 见《旧约·创世记》第3章，蛇引诱人类始祖亚当和夏娃偷食禁果，神发现后对蛇说："你既做了这事，就必受诅咒，比一切的牲畜野兽更甚；你必用肚子行进，终生吃土。"

② 蒙田 Montaigne, Michel de（1533~1592），法国思想家，著有《随笔集》。

③ 《新约·路加福音》第18章第8节："然而，人子来的时候，遇得见世上有信德吗？"

# 论迷信

在迷信盛行的地方，大众会成为迷信的主宰，智者会追随愚者，理性被现状所扭曲。

对于神，与其乱发谬论，不如缄口不言，不言仅为不信，乱言则为不敬，而迷信则无疑是对神的亵渎。普卢塔克①说得好："我宁可他人根本不提普卢塔克这个人，也不情愿让人说有个普卢塔克吃掉了他刚出生的子女。"就像诗人所说的那个地神萨图恩②。对神越不敬，对人越危险。

无神论让人类诉诸理性，诉诸哲学，诉诸亲情，诉诸法律，诉诸声誉。它虽然没有将人们引向宗教，至少可以导向外在的伦理道德。迷信却对这一切弃之不顾，使人心趋向极端。所以，无神论者不会犯上作乱，它使人们自忧自虑，不生非分之念。无神论盛行的时代（如

---

① 普卢塔克 Plutarch（约 46～119），希腊作家，著有《希腊罗马名人合传》。

② 萨图恩 Saturn，古罗马宗教所信奉的神灵，司掌播种。

奥古斯都大帝的时代），大多是太平盛世。迷信曾给许多国家带来混乱，它导致了一个新的最高中心，扰乱了正常的统治秩序。在迷信盛行的地方，大众会成为迷信的主宰，智者会追随愚者，理性被现状所扭曲。在特兰托会议①上经院哲学②家的理论占主导地位，有些教士曾严肃地指出："经院学派就像天文学家。天文学家为了解释天文现象便假设了离心圆、本轮以及运行轨道等概念，尽管他们明知这是虚构的。"同样，为了捍卫教会的行为，经院哲学家构造了一大套玄妙繁琐的公理法则。

迷信的原因繁多不一：取悦感官享受的典礼；虚伪做作的虔诚；对传统习俗的顶礼膜拜，以至连教会都不堪重负；高级教士为了满足一己野心，牟取一己之利所搞的阴谋诡计；以善意为名怂恿自以为是和标新立异；凡夫俗子却妄想干预神的事务；最后是野蛮时代，尤其是伴以天灾人祸的岁月。

毫无掩饰的迷信是一种畸形的怪物。猿猴像人，面目更丑。迷信貌似宗教，面目更为可憎。肉腐则生蛆，健全的仪式和教规也可能堕落为繁文缛节。对既成的迷信避之唯恐不及之时，往往会产生新的迷信。破除弊端如同治病，须防良莠不分，矫枉过正。人民大众充当改革先锋时，往往会犯这样的错误。

选自《随笔集》

① 特兰托会议 Council of Trent：天主教会的第 19 次普世会议，自 1545 年到 1563 年共举行 3 次，欲订正教义，抵制新教。

② 经院哲学：源于拉丁文 Schola，意为"学校"。9 世纪产生于天主教经院，故名。13 世纪最为盛行，14 世纪趋于衰落。主张理性服从教义，其宗旨在于论证基督教教义，使之系统化。

# 论美

粉饰之美不如容貌之美，容貌之美又不如举止优雅。美之极致，非画笔所能描绘；美之极致，非直观所能领悟。

美德犹如宝石，在素色的衬托下愈显其美。清秀端庄，才德双全最为可人，尽管其容貌并非十分艳丽。

造化似乎但求无过，却无暇于至善至美，以至罕有德貌两全之人。有的人相貌堂堂，人品却略显低下，他们重举止、轻德行。但并非一概如此，奥古斯都大帝、韦斯巴芗、法兰西的美男子腓力①、英国的爱德华四世②、雅典人亚西比德③、波斯王伊斯梅尔④都具有高尚的品德，也都是绝代美男。

---

① 腓力 Philippe IV le Bel（1268~1314），法国卡佩王朝国王，俊逸潇洒，有美男子之称。

② 爱德华四世 Edward IV（1442~1483），英国国王。玫瑰战争中约克家族的领导人。

③ 亚西比德 Alcibiades（约公元前450~前404年），雅典政治家、美男子。

④ 伊斯梅尔 Ismael（1487~1524），伊朗国王。萨非王朝的缔造者。

若论美，粉饰之美不如容貌之美，容貌之美又不如举止优雅。美之极致，非画笔所能描绘；美之极致，非直观所能领悟。

美之极致，无不有其超凡脱俗之处。你无法说出阿佩莱斯和丢勒①谁更荒唐，前者根据几何学的比例画人，后者选取不同的脸上最漂亮的部分凑合成一个美人。我看这种美除了画家自己，别人是不会欣赏的。我并非说画家画不出更美的肖像，而是说他们应该在灵感的驱动下作画（就像音乐家谱写出优秀的乐曲），不应该死搬教条。人各有貌，将其分解成部分来看，何美之有？惟有看整个脸容，方显出漂亮俊俏。

如果说美更多地体现在气质举止上，那也就不难理解人们为什么说饱经风霜的脸容更为可人。"美色入秋，尤见其美。"严格地讲，依仗年轻的美貌不足称道，须知华年易逝，美色难留，就像夏日的水果易烂难存。年少貌美易放浪，年老色衰易懊丧，大致如此。然而，只要美得恰如其分，它将使美德熠熠生辉，令恶行无地自容。

选自《随笔集》

---

① 阿佩莱斯 Apelles，公元前 4 世纪希腊绘画大师。丢勒 Durer，Albrecht（1471~1528），文艺复兴时期德国最重要的画家、装饰设计家和理论家。

# 论宗教统一

芸芸众生，意见纷争，可在上帝眼里不过是一回事，两造皆可接受。

宗教是人类社会的纽带，而只有真正保持一统，宗教才称得上是一大幸事。在未开化的异教徒看来，宗教纷争、宗教分裂这类恶行简直是前所未闻。因为他们的宗教不是基于永恒的信仰，而是由风俗典礼组成的。他们的宗师和长老都是些诗人，由此可见他们的信仰究竟为何物。然而，真正的上帝具有这样的禀性，他是"忌邪的神"①。其崇拜和宗教不容任何异质，不容它物共存。且让我们来谈论一下教会的统一，看看其成果怎样，其界限何在，其手段如何。

让上帝满意是至高无上的，统一的结果仅次于此，它可分为教内

---

① 《旧约·出埃及记》第20章第3—6节："除了我以外，你不可有别的神。不可为自己雕刻偶像；也不可做什么形象仿佛上天、下地和地底下、水中的百物。不可跪拜那些像；也不可信奉它，因为我耶和华是你的神，是忌邪的神。恨我的，我必追讨他的罪，自父及子，直到三四代；爱我的，守我诚命的，我必向他们发慈爱，直到千代。"

教外两个方面。就前者而言，异端邪说教派分裂无疑是奇耻大辱，比伤风败俗更为可恶。躯体上的创伤比气血不畅为害更甚，精神层面也是如此。所以，对统一的破坏最易导致教外之人望门却步，教内之人则纷纷离去。到这种地步，人们总是会说："看，基督在旷野之中。"又有人说："看，基督在密室之内。"也就是说，有人在异教的聚集地寻找基督，有人在教堂外寻找基督。"不要外出。"① 一个声音在人们耳际不停地鸣响。那个异教徒的宗师（其使命让他特别关注教外之人）曾说："假如一个异教徒进来，听到你们说话用不同的方言，他不会说你们都疯了吗？"② 那些不信上帝的凡夫俗子听到教会内部意见相左，不就更会对教堂避而远之？进而"坐上亵慢人的座位"③。如此论断这么严肃的问题，态度似嫌不庄，然切中弊端，莫此为佳。一位玩世不恭的大师④在其虚构的书目中有一本《异教徒的摩尔舞》。异教诸派面目各异而无不猥琐可憎，庸俗之徒和无耻政客本来就爱亵神诽圣，异端诸派的作为更是授其笑柄。

　　对教会内的人而言，"和平"是宗教统一的果实，和平蕴含着无尽的祝福。和平确立信仰，和平孕育爱心。教会外在的和平将转化为教徒内心的平和，它将使人们不再徒掷心力，去炮制和研读论战文章，转而把心思用来论述自省和虔诚之事。

　　关于统一的界限，确切的定位至关重要。似乎存在着两大极端。

---

　　① 《新约·马太福音》第 24 章第 26 节："若有人对你们说：'看哪！基督在旷野里。'你们不要出去。或说：'看哪！基督在内屋中。'你们不要信。"
　　② 指圣保罗。《新约·哥林多前书》第 14 章第 23 节："所以全教会聚在一处的时候，若都说方言，偶然有不通方言的，或是不信的人进来，岂不说你们都癫狂了吗？"
　　③ 《旧约·诗篇》第 1 篇第 1 节："不从恶人的计谋，不站罪人的道路，不坐亵慢人的座位。"
　　④ 指法国作家拉伯雷 Rabelais，Francois（约 1483~1553），其代表作为《巨人传》。

某些狂热的激进分子对任何妥协调和的主张无不深恶痛绝。"耶户，是讲和吗？""讲和不讲和与你有何相干？退到我身后去吧。"① 这种人只管拉帮结派，不问和平与否。而某些老底嘉派②和不温不火的人物则自信能以中庸之道将两者巧加调和，好像他们竟能在上帝和人类之间作出仲裁。两种极端皆不可取。"不站在我们这边的，便是反对我们的。""不反对我们的，便是站在我们这一边的。"③ 这是基督手订的教徒盟约中的两条相反相成的条款，只要能对之加以清晰阐述，就不会陷于极端。也就是说要把宗教最基本的要义与那些超越信仰的意见、教规和动机区分开来。在许多人看来，这不过是微不足道的小事，况且已经做到。但要是能少些偏见，就会有更多的拥护者了。

　　对于这个问题，且让我略抒己见。人们应当注意，对立的意见争执不休会分裂上帝的教会。其一是有些争辩起因于细小的矛盾，所争之事皆微不足道，根本不值得为之大动肝火，争执不休。一位先贤④说得好："基督的外套天衣无缝，教会的长袍却色彩不一。"⑤ 他进而说："色彩任其不一，衣服不可破裂。"可见，"统一"与"一律"并不是一回事。

---

　　① 《旧约·列王纪下》第9章第18节："王问说：'平安不平安？'耶户说：'平安不平安与你何干？你转到我后头吧！'"

　　② 《新约·启示录》第3章第14—16节："你要写信给老底嘉教会的使者说：'那为阿门的，为诚信真实见证的，在神创造万物之上为元首的，说：我知道你的行为，你也不冷也不热；我巴不得你或冷或热。你既如温水，所以我必从我口中把你吐出去。'"

　　③ 《新约·路加福音》第11章第23节："不与我相合的，就是敌我。" 第9章第50节："耶稣说：'不要禁止他，因为不抵挡你们的，就是帮助你们的。'"

　　④ 指圣·奥古斯丁 St Augustine（354~430），古代基督教思想家，代表作有《忏悔录》和《上帝之城》等。

　　⑤ 《新约·约翰福音》第19章第23节："兵丁既然将耶稣钉在十字架上，就拿他的衣服分为四份，每兵一份；又拿他的里衣，这件里衣原来没有缝儿，是上下一片织成的。"

另一种情况是，所争的事实相当重要，但争执的双方过分纠缠于细微晦涩的问题，聪慧有余却失之空疏。有识之士有时会听到无知之徒之间的争辩，他心里明白，他们的分歧其实是一回事。然而无知之徒却依然争执不休。同样是人，见识高下竟如此悬殊。可以想见，芸芸众生，意见纷争，可在上帝眼里不过是一回事，两造皆可接受。圣保罗在他的训诫里精到地揭示了这个问题的实质在于"回避世俗的虚谈以及似是而非的歪门邪道"①。世人喜欢无事生非制造对立，又以新的词语加以粉饰。词语本当取决于含义，结果却成了词语决定了含义。有两种虚假的"和平"和"统一"。其一基于绝对的无知，因为黑暗之中，万物一色。另一种则对双方的原则分歧兼容并包，由此拼凑出虚假的统一。尼布甲尼撒王②梦见一个塑像，脚趾由半泥半铁铸成，泥和铁可以黏合，却难以融为一体，真理和虚假亦复如此。

至于取得统一的手段，须知在为争取和加强宗教统一之时，切不可背弃仁爱之道，破坏社会法则。基督徒手执双剑：精神之剑和世俗之剑。③ 在维护宗教方面，两把剑各有其用武之地。我们切不可举起第三把剑，那就是穆罕默德之剑，或类似的利器。也就是说不可以仗剑行教，以血腥的迫害来强制人们的思想，除非有公然的丑闻，亵渎神明或蓄意谋反。更不可将刀剑授人，鼓动叛乱，公然为阴谋造反张目，推翻所有代表上帝旨意的政府。仗剑行教等于是用上帝的第一块

---

① 《新约·提摩太前书》第 6 章第 20 节："提摩太啊，你要保守所托付你的，躲避世俗的虚谈和那敌真道、似是而非的学问。"

② 尼布甲尼撒王，Nebuchadnezzar（？～公元前 562 年），新巴比伦国王。公元前 586 年，攻陷耶路撒冷，灭犹太王国。参见《旧约·但以理书》第 2 章第 31—33 节："王啊，你梦见一个大像，这像甚高，极其光耀，站在你面前，形状甚是可怕。这像的头是精金的，胸膛和膀臂是银的，肚腹和腰是铜的，腿是铁的，脚是半铁半泥的。"

③ 《新约·路加福音》第 22 章第 38 节："他们说：'主啊，请看！这里有两把刀。'耶稣说：'够了。'"

法版去敲击第二块法版①，以为人皆基督徒，而忘记了他们首先是人。诗人卢克莱修看到阿伽门农②忍心杀女为祭，禁不住惊叹道：

"宗教使人作恶，居然到了这种地步。"

要是他知道法国的大屠杀和英国的火药阴谋案③，不知又会发出何等的感叹？恐怕会变本加厉地贯彻他的享乐主义和无神论了吧。为了宗教纷争而抽出尘世之剑更须三思而行，此剑一旦落到平民手中将如洪水猛兽。这种事情还是让再洗礼派④和其他极端分子去干吧。

魔鬼说："我将上天，犹如至尊。"⑤ 这是在亵渎神灵。若是将上帝人格化，让他说："我要下凡，犹如黑暗之王。"那将是更大的亵渎。谋害君王，屠杀人民，颠覆政府，搞乱国家，如若宗教沦为这般残忍卑劣的行径，那又有什么益处可言呢？这样做无异于把象征圣灵的鸽子⑥比作兀鹫和乌鸦，在基督教会祭起海盗和杀人犯的黑旗。如以往行之有效的做法，当务之急是要以教会的教义戒律、君王的长剑、学术界（包括基督教和伦理学）的墨丘利⑦神杖，来诅咒那些渎神的

① 《旧约·出埃及记》第 31 章第 18 节："耶和华在西奈山和摩西说完了话，就把两块法版交给他，是神用指头写的石版。"石版上书有十诫，载有人对神和对人的责任。

② 阿伽门农 Agamenon，希腊传说中的迈锡尼王，曾率领诸侯大军远征特洛伊，途中为了平息神怒，不得不杀女祭神。

③ 1572 年 8 月 24 日，法国天主教徒在巴黎大肆屠杀胡格诺教徒，史称圣巴托罗缪惨案。英格兰天主教徒密谋在 1605 年 11 月 5 日国会开会时将英王詹姆斯一世及其主要大臣炸死，因事泄未成。

④ 再洗礼派 Anabaptists，16 世纪欧洲宗教改革运动中的激进派，主张唯成年洗礼方为有效。

⑤ 《旧约·以赛亚书》第 14 章第 14 节："我要升到高云之上，我要与至上者同等。"

⑥ 《新约·马太福音》第 3 章第 16 节："耶稣受了洗，随即从水里上来。天忽然为他开了，他就看见神的灵仿佛鸽子降下，落在他身上。"

⑦ 墨丘利 Mercury，古罗马宗教所信奉的神灵，司掌商务。墨丘利之像作站立握钱囊状，一手执杖，引领灵魂步入冥间。

言行，将之驱入地狱。关于宗教的忠告，首推这位使徒的名言："人的怒气并不能伸张上帝的正义。"① 另一位先贤说得更妙："凡欲向他人心灵施压并诱人信从者，往往是为了达到利己的目的。"

选自《随笔集》

---

① 《新约·雅各书》第 1 章第 20 节："因为人的怒气并不成就神的义。"

# 论无神论

略知一些哲学的皮毛容易使人崇尚无神论,而较高的哲学造诣则会使人倾心宗教。

我宁可相信《金传》①《塔木德》②《可兰经》③ 中的寓言,也不愿相信宇宙结构中没有一个精神主宰。上帝从没创造过奇迹来驳倒无神论,因为上帝的日常所为已足以驳倒无神论。确实,略知一些哲学的皮毛容易使人崇尚无神论,而较高的哲学造诣则会使人倾心宗教。如果专注于一些互不相关的次要因素,思想便会滞留不前。但如能注意到事物的来龙去脉因果之链,人的思想便会飞向上帝和神灵。

---

① 《金传》The Legenda aurea:基督教热那亚大主教雅各 Jacobus de Voragine(1228~1298)所编,内容有圣徒生平、基督和圣母在世事迹以及有关圣日和节期的资料。该书对文艺复兴时期的宗教和艺术影响极大。
② 《塔木德》Talmud:注解犹太律法的著作,在犹太经典中地位仅次于《旧约》。
③ 《可兰经》:伊斯兰教经典。

留基伯①、德谟克利特②和伊壁鸠鲁的无神论曾备受指责，但他们的学说恰恰证实了宗教的可信。有一种学说认为，无须上帝的干预，四大可变的元素和一大不变的元素就可以构成美妙有序的宇宙。另一种主张认为，美妙有序的宇宙是由许多游移不定无限微小的原子组成的。前者较后者的可信性何止千倍。《圣经》道："愚顽的人心里说没有神。"③ 而不是说："愚顽的人心里想。"这表明他只是在机械地重复这句话，以为没有神，而不是通过自己的思考才相信没有神，并为无神论所说服。有些人只是为了一己之利才不承认上帝，没有人会真正否定上帝的存在。显然，无神论不过是挂在那些人的嘴上，而没有扎根在他们的心中。他们老是喋喋不休地陈述自己的观点，似乎自己内心也不踏实，希望借助别人的赞许来加强自己的信念。就像其他教派，无神论者也拼命网罗信徒。他们宁可因无神论吃苦受难，也不愿放弃其信仰，显然，如果他们不信上帝，又何必自讨苦吃。伊壁鸠鲁声称确有神灵，但神灵只是自得其乐，并不关心人间事务。人们指责他这样说不过是为了保住自己的声名而闪烁其词。他们认为伊壁鸠鲁是看风使舵，其内心并不承认上帝的存在。这是对他的曲解和诽谤，伊壁鸠鲁曾经说过："否认世俗所谓的神灵并非渎神，以世俗之见强加于神灵方为渎神。"这话讲得何等虔诚，何等高贵，连柏拉图④也未必能讲得比这更好。况且，伊壁鸠鲁虽自信能否认上帝对俗世的主宰，他却不能否认上帝作为本体的存在。

---

① 留基伯 Leucippus（活动时期为公元前 5 世纪），希腊哲学家。亚里斯多德认为他是原子论的创始人。

② 德谟克利特 Democritius（约公元前 460~前 370 年），希腊哲学家，在原子论的发展方面占有重要地位。

③ 《旧约·诗篇》第 14 篇第 1 节："愚顽的人心里说：'没有神。'他们都是邪恶，行了可憎恶的事；没有一个人行善。"

④ 柏拉图 Plato（约公元前 428~前 348 年），古希腊大哲学家，著有对话体著作《理想国》等。

西印第安人虽然没有上帝的称呼，却有他们自己诸神的名称，就像异教徒虽然没有上帝的名称，却有朱庇特、阿波罗①、马尔斯②诸神的称呼。可见即使是野蛮人也有神灵的观念，尽管那些观念还谈不上博大精深。所以说，在反对无神论这点上，粗俗的野蛮人和渊博的哲学家并无二致。

学问精深的无神论者并不多见，无非是迪亚哥拉斯③、比昂④、卢奇安等几人而已。然而，无神论者又似乎显得人数不少，那是因为凡是对既定的宗教和迷信提出质疑的人，往往会被对方冠以无神论的恶名。无神论的大师大凡为口是心非之辈，他们以冷漠的态度来谈论神圣的事物，所以最终难逃烙刑。

宗教派别太杂是产生无神论的原因之一。两派对立尚可激发双方的热诚，宗派林立则会导致无神论。另一个原因是神职人员丑闻不绝。正如圣贝尔纳⑤所言："现在还说不上教士和俗人一样，事实上，他们比俗人更糟糕。"还有一个原因是亵渎神灵已成恶习，宗教的尊严每况愈下。最后，学术发达社会繁荣的时代也对无神论有利，艰难困苦更易使人倾心宗教。

谁否认上帝，谁就是在毁坏人的尊严。人的肉体与禽兽相差无几，如精神上不再向往上帝，就会沦为贱货。所以，无神论对人性的净化和升华有害无益。丧家之犬难言勇，有主之狗格外凶。主人之于狗就如神灵在上，可以激发它的英武气概。人亦如此，当人自信能得到上帝的保佑和惠顾，就能激发出超凡的意志和力量。由此可见，无神论简直是面目可憎一无是处。它剥夺了人们克服弱点，使自身超凡脱俗

---

① 阿波罗 Appllo，希腊神话中的日神。

② 马尔斯 Mars，罗马神话中的战神。

③ 迪亚哥拉斯 Diagoras of Melos（公元前 5 世纪末），古希腊哲学家。

④ 比昂 Bion（公元前 325~前 255 年），古希腊哲学家。

⑤ 圣贝尔纳 St. Bernard，11 世纪法国教士。

　　人生至乐莫过于高踞清新纯静的真理之巅，
俯瞰谷底种种谬误迷惘，云遮雾障。

的精神力量。对个人如此，对国家也是如此。

古罗马之非凡卓绝世所罕见，且听西塞罗①所言："各位元老，无论我们多么自豪，但是我们在人数上不敌西班牙；在体能上不敌高卢；在智慧上不敌迦太基；在艺术上不敌希腊；甚至在对故国的依恋上还不如当地的意大利人和拉丁人。然而，我们虔诚无比，笃信宗教，承认神是天地万物的主宰。正是在这一点上，我们的优势举世无双。"

选自《随笔集》

---

① 西塞罗 Cicero，Marcus Tullius（公元前 106～前 43 年），罗马政治家，作家。

# 论科学的伟大复兴

　　哲学和精神科学虽然受到人们的敬仰称赞，却像受人顶礼膜拜的神像那样木然无知，原地不动。

　　知识目前的状况，谈不上兴旺发达，也未曾取得重大进展。有必要为人类的理智打开一条与过去迥然不同的道路，以便有所促进，这样，在探究认识事物的本质时，心灵便能树立它原本应有的威信。

　　我认为人们对自己的所知所能均缺乏恰如其分的了解，往往高估了所知，低估了所能。因此他们要么对自己的所知估量过高，故步自封，不再有所作为。要么对自身的所能估量过低，将精力花费在琐碎的小事上，而怯于攻克重大的问题。这种心态致使人们在求知的道路上裹足不前。既然人们没有求知的进取心，也就不再怀有这种奢望。须知，人们是否欲有所作为，取决于他对自己所掌握的知识的认识，若是安于现状、那就无意为将来有所筹措了。因此，我们必须断然抛弃安于现状、不思进取的心态，告诫人们千万不可夸夸其谈，对现有的成就估量过高。

　　细心浏览一下各种各样的科技书刊，你不难发现，重复的论述比比皆是，论述的形式各有千秋，内容实质却罕有新意。林林总总累积的知识看似不少，仔细辨析，真正有价值的知识还是少得可怜。若论知识的价值和作用，就不得不承认，我们的智慧大部分源自古希腊人，但那只是知识的幼儿，带有童年的印迹。它可以作为谈资，却没有生育能力。它争辩得很热闹，却难有实际的功效。当今学术界的现状犹如古代斯居拉寓言所描述的，长着处女的脑袋和面容，子宫里却挤满了小妖，它们哇哇乱叫，胡搅蛮缠。我们熟知的那些所谓的科学也是如此，尽管其中有一些煞有介事、迎合取巧的泛泛而谈，一旦遭遇具体问题，触及生育问题，也就是要结出实实在在的果实时，往往就会引起争议，闹得收不了场。结果往往如此，它们导致的就是如此这般的结果。

历经许多世纪以后，倘若这类所谓的科学还多少有点活力的话，绝对不会呈现出如今这般颓势。当今之世，科学的进展微乎其微，谈不上有多少对人类有益的发明创造，老是重复前人话语，前人提出的问题至今仍是问题，既然没有能力加以解决，只能原地踏步，僵持在那里。各个学派的传承局限于师徒之间，而非发明创造者的新陈代谢。在机械技术方面，情况大相径庭。那里颇有活力，技术发展壮大，日臻完善。发明创造之初，它们显得较为简陋笨拙，不够完美，后来注入了新的力量，其结构便大为改善。可惜人们的探究往往半途而废，经常改变研究方向，以至难以达到理想的境界。

相反，哲学和精神科学虽然受到人们的敬仰称赞，却像受人顶礼膜拜的神像那样木然无知，原地不动。而且，创始之初往往显得兴旺发达，以后便代代消沉，每况愈下了。因为人一旦追随他人，自己毫无主见（如所谓的"跑腿"议员），只会附和某人的主张，那就谈不上科学精神的发展创新，而只是在低声下气地吹捧某某大人物，为他增加了几个随从而已。且不要谈以往的科学一直在发展进步，日趋完善，并且已经在个别大家的手中成形确定，如今已无发明创造的用武之地，能做的只是将过去的东西修修补补而已。这倒方便，但实际上正是个别人的自以为是和其他人的不求进取才导致了对科学的这种态度。当人们经过辛勤钻研在科学上有所成就后，会出现某些人将这些成果大胆归纳，貌似一门学问，以迎合世人的爱好，实质上却有损于他人的成就。不过这样做确能投后人所好，因为它让人感到方便可行，无须劳心费神再去钩深致远。我要说的是，假如有人认为这种默许是可靠的，经得起时间的检验，那就大错特错了。首先，我们并不完全了解人们在各个时代各个地方的科学成就。更不可能完全明白某些个人所从事的科研。以往科研的顺产和流产我们都未曾记录。其次，人们默许与否，以及何时默许似乎也无关紧要。

　　行政上的法规千条万条，科学的法规惟此一条：那就是明白易懂。向来如此，万世不易。众所周知，好辩而有争议的学说容易引起关注，还有一些学说金玉其外，实质虚幻，但也颇能投人所好，蛊惑人心。因此，为了迎合时代和大众，博取一时的声名，从古到今多少才俊违背了自己的原本的心愿。超凡脱俗之见往往被世俗的见解所湮没。时光宛如奔腾的河流，它将轻盈的泡沫带到我们面前，那些坚实的东西反而沉落了水底。

　　有些人自命为科学界说一不二的大佬，其实徒有其名。反躬自问，他们也会抱怨大自然纷繁复杂，微妙无比，真相混沌难觅，人类的理解力极为有限。然而他们所针对的仅是别人和自然的共同现象，不包括自己，他们依然是那么目空一切自以为是。他们自封为权威，凡是某门学科没能做到的，他们便断言那绝对做不到。让某门学科自行判决自己的案子，它怎么会自证其罪呢？那只是为了掩饰他们的无知丑陋，摆摆架子吓唬外人。

　　由此公开发表的学说虽然世所公认，但实际上并不见多少功力，而且疑点重重，在增进知识方面并不得力。貌似完美无缺，落实到具体部分往往言不及义空洞无物。它能投人所好，但即使是追捧者也心知其虚，只能用各种手段曲为之辩。

即使有人致力于扩大知识的范围，亲自进行科学试验，也还是缺乏勇气摆脱俗见，追本溯源探究知识。若能在已有的知识上略加贡献，他们便自以为是非凡之举。他们以为略有贡献便可保证自己的自由，行为过于谨慎。为了表示谦让，他们也附从别人的意见。这种趋时附势的中庸之道固然可以赢得众人的欢心，对科学却有害无益。因为很难做到既崇拜某人，又能超越他的成就。知识如水，难以由低向高。对于科学，这类人虽然有所补正改进，却还是没能提升知识的水平，开拓知识的范围。

某些人敢作敢为，勇于显才露能，自立门户。其目的并非要提升学术的价值，使之取得真正的进步，只是旨在自立一派，攫取权威地位，以左右他人的看法。他们的所作所为自然对学术的进步无济于事。其错误虽然与他人有异，其原因则如出一辙。

有些人不为他人的意见左右，也不受一己之见的束缚，他们喜欢无拘无束，也愿意与他人一起探究科学问题，其心不可谓不诚，但他们的努力却远远不够。他们浅尝辄止，满足于略知大概，不够重视研究的严肃性，迷失在论辩的浊流中东转西绕不能自拔。到关键的时候，几乎无不脱离经验和自然事实的范围。有的人致力于实践和经验，也差点改变了机械学的状态，但是他们的研究东敲西打不成体系。而其研究的对象又往往过于琐屑，容易以偏概全。其目的不够宏大，所用的方法也不够聪明。因为没人能直指事物的本质，得出正确的结论。他们费神费力反复改变实验，却难以抵达完美的终点，总是不无缺憾。

值得注意的是，人们从事实验之初总是有特定的目的，总是怀着过分的热情去求索。我认为这种做法寻求的是急功近利的实验，而不是带来光明的实验。它与上帝创世的过程不同，上帝创世的第一天只创造了光，后来几天上帝才创造出具体的东西。

有些人认为科学应当借助逻辑的力量，逻辑的作用至关重要，因为人的理智必须有所规范。这种见解的确有道理，但是没能对症下药，而且还有副作用。因为那种逻辑仅针对人事，适合有关言谈论辩的那种学问。对于自然科学就显得不够精确。用这种逻辑去研究它难以控制的自然，结果难免错上加错，让真理误入歧途。

总而言之，迄今为止人类在科学上并无幸福可言。各种证明和已知的实验都未必可靠，他人的可信度和人们自身的探究都是这样。在人类的眼中，宇宙恰如一座迷宫，前路多歧，各种自然现象纷繁复杂，是非难辨。然而，道路依然必须开通，还得凭借感官捕捉隐约可见的光线，穿过经验的丛林，透过种种特别的现象前行不止。但是自命为向导的人自己也搞不清方向，错上添错，致使迷路的流浪汉有增无减。面对逆境，无论是人类的辨别能力，还是偶尔的运气，我们依然成功无望。出众的才智，反复的实验，都不能使我们摆脱这个困境。从感官的知觉开始，我们的步骤必须目标明确，我们的整个方向必须有章可循。

不要误解我的本意。我并不是说，经过漫长的岁月，艰辛的劳动，我们在科学上一无所成。我们没有理由自惭形秽，轻视人类以往成就的发明创造。先辈已经取得的成就证明了他们的才智和抽象思维能力。须知，古人航海仅凭星象，但他们已经能够沿着旧大陆的海岸航行，穿越少数不大的内海。在越洋发现新大陆之前，古人已经发明了精确可靠的罗盘。由于贴近感官，又在共同的概念范畴之内，以前在科技上做出的成就是通过实践观察、思考论证做出的。首先，我们必须用一种更好的方法来指导人类的心智，从而抵达自然界那更深奥更隐秘的地方。

选自《伟大的复兴》

人欲胜天，必先顺天。凡在思辨中为原因者，在实施时则为法则。

一

作为自然界的仆人和解释者，人的所知所为无非如他在事实上或思想中对自然进程所已观察到的那么多，仅此而已。除此以外，他是既无所知，也难有多大的作为。

二

赤手空拳，难见功效，独思冥想，无济于事。不借助工具，空手做不成器具。不借助方法，仅凭理智也难以解决问题。手用的工具产生运动和指导运动，心用的工具也对心智提供启发或予以告诫。

## 三

人类的知识和人类的力量合为一体，不明原因何以有果。人欲胜天，必先顺天。凡在思辨中为原因者，在实施时则为法则。

## 一〇

自然的微妙远远胜过人的感官和理解力，因此，人们所醉心的若有其事的沉思、揣想和阐释往往离题万里，只是一旁没有人在注意而已。

选自《新工具》

人所探究的科学往往局限于自己的小天地，而不是普遍的大世界。

## 三八

当今盘踞在人们的理念中的各种假象和错误概念牢不可破，这不仅迷乱人心，使真理找不到入门的途径，而且即使入门以后，如果对这种危险，人们事前不加提防，加强戒备，以抵御它们的进攻，它们就会在科学复兴之初，又缠上我们，从中捣乱。

## 三九

迷乱人心的假象可分为四类。为便于区分，且将其命名为：部族的假象（Idols of the Tribe）；洞穴的假象（Idols of the Cave）；市场的假象（Idols of the Market Place）；剧场的假象（Idols of the Theater）。

# 四十

毫无疑问，由真正的归纳法推导而来的概念和原理，是人们免除假象的有效方法。揭示这些假象将大有裨益。因为论述假象的学说对于阐明自然的关系，正和反驳诡辩的学说对于普通逻辑的关系是一样的。

# 四一

"部族的假象"深植于人的本性之中，深植于人的部族和种族之中。声称人的感性认识是事物的尺度无疑是错的。相反，无论是感官的知觉还是心灵的知觉都是以个人的尺度为依据，而不是以普遍的尺度为依据。人的理解力犹如一面骗人的镜子，它不规则地接受光线，在反映事物时掺入了主观因素，从而扭曲了事物的性质，使事物为之变色。

# 四二

"洞穴的假象"是特定个人的假象，（除了通常人性所共有的错误外）每个人都有各自的洞穴，或者说各自的窝，它使自然之光产生折射和变色。这是因为人的个性各异；所受的教育和交往阅历各不相同；各人所读的书籍和所崇拜的权威对其影响不一；或者是由于各种不同的印象而作用各异，因为有先入之见的人和无动于衷的人所产生的印象是不一样的。诸如此类，不一而足。所以，人的精神（各人禀赋不一）往往变化无常，极易起伏，随机而定。诚如赫拉克里特①所言，人所探究的科学往往局限于自己的小天地，而不是普遍的大世界。

另有一种假象是由于人际交往形成的，我称之为"市场的假象"，因为人们在市场上进行贸易和结交。人们借助语言来结交，遣词用字均依大众的理解而定。因此，用词不当会妨碍人们的理解。学者习惯于给自己的词语下定义，作解释，力图防止曲解，但也无济于事。词语显然强制并支配着人的理解力，它制造混乱，使人们没完没了地陷入空洞的争辩和无益的幻觉。

最后，人们的思想易受形形色色的哲学教条和错误的论证法则的误导，从而产生假象，我称之为"剧场的假象"。在我看来，所有公认的哲学体系无非如剧场里上演的一幕幕戏剧，依靠虚假的布景摆设来上演其自己构造的世间百态。不仅是当今时髦的体系，也不只是古代的各派学说，还有更多同类的戏剧可以被编排出来，并以同样人为做作的方式登台上演，因为许多看似完全不同的错误却往往出自相同的原因。我所指的也不仅仅是完整的体系，还包括许多原则和公理，由于世代因袭、轻信不疑和疏忽大意，这些个原则公理已经为人们所接受。

选自《新工具》

---

① 赫拉克里特 Heraclitus（公元前 536~前 470 年），古希腊哲学家、爱非斯派的创始人。生于以弗所一个贵族家庭，相传生性犹豫，被称为"哭的哲学人"。他的文章只留下片段，爱用隐喻、悖论，致使后世的解释纷纭。

感官的麻木、失职以及错觉极大地阻碍并干扰了人类的理解力，对没能撼动感官的事物，哪怕再重要也往往无动于衷，通常是眼不见则心不思。

## 四九

人类的理解力并不是纯净的光，而是掺杂着意愿和各种情感，由此便产生了所谓"随心所愿"的科学。人们一般比较容易相信与其所愿相吻合的东西，因此，由于不愿潜心研究，他排斥困难的事物。由于害怕欲望受限，他排斥朴素的事物。由于迷信，他排斥自然中深奥的事物。由于自以为是，他排斥经验之光，以免那些琐屑无常的东西盘踞自己的心灵。由于要附从庸众的看法，他排斥与世俗意见相异的东西。总之，情感可以通过无数的途径悄然影响人们的理智。

感官的麻木、失职以及错觉极大地阻碍并干扰了人类的理解力，对没能撼动感官的事物，哪怕再重要也往往无动于衷，通常是眼不见则心不思。

选自《新工具》

为了一时之利去寻求真理，那是靠不住的。自然和经验之光下的真理才是永恒的。

## 五三

洞穴假象源于各个人独特的身心，也源于教育、习惯和偶发事件。此类假象，林林总总，五花八门，且举数个最易影响理智和最需加以警惕的事情为例。

## 五四

有些人固守某种特定的科学和思考方式，也许是因为他们产生错觉，以为自己能因此成为相关的著作家和发明者，也许由于他们曾花大力气研究那些东西，因而对这些东西已经习惯成瘾。如果这种人从事哲学和进行普遍性质的探索，则会屈从自己原有的习惯思维，对研究的对象不无歪曲和影响。在这一点上，亚里士多德的表现尤其明显，他把他的自然哲学视为其逻辑的仆从，使其充满争议，几乎等于无用之物。还有一帮化学家仅在火炉中做过少量实验，仅凭寥寥无几的参数，就建立起一个奇异怪诞的哲学。如威廉·吉尔伯忒①，他曾下苦功研究磁石，然后便创立了自己所心仪的体系。

## 五五

至于哲学和科学，各种人的思想各不相同，甚至有的完全不同，这就是：有的心智比较善于观察事物的相异之处，有的心智则比较善于窥见事物的相似之处。一般而言，心智沉稳而敏感的人能够全神贯注于一些最精微的差别。而心智高傲和散漫的人善于体察到最精细和最一般的类同之处，并把两者合为一体。然而两者往往会错在过于极端，前者错在过度求异，以至于分得太细，后者错在过度求似，以至于捕风捉影。

## 五六

有些人非常崇拜古已有之的东西，有些人则极其追求新奇的事物。很少有人能够固守中庸之道，做到既不对古已有之的东西吹毛求疵，也不轻视当代的新奇之物。

这对科学和哲学有害而无益，因为，过于崇古和过于尊新实在是宗派的偏见，而算不上明辨是非。为了一时之利去寻求真理，那是靠不住的。自然和经验之光下的真理才是永恒的。因此，我们必须摒弃

---

① 威廉·吉尔伯忒 William Gilbert，英国伊丽莎白女王的御医，1600 年出版了《论磁石》，是物理学史上第一部系统阐述磁学的专著。

宗派的偏见，必须警惕，不要贸然附和任何偏见。

## 五七

　　以其简单的形式去考察自然和物体，会使人的理解力支离破碎；专就自然和物体的组合和结构去考察，则又会抑制并消解人的理解力。将刘开帕斯①和德谟克利特②学派与其他哲学相比，就能清楚地看到这一差别。前一学派专注于探究分子，以致无暇顾及结构。其他学派则沉迷于赞叹结构，以致无法深入钻研自然的本真。因此，应当交替使用这两种思辨方式，以便使理解力既能深入又能概括，进而避免上述那些错谬以及由其导致的一些假象。

## 五八

　　要摒弃洞穴的假象，并在思想上有所警觉。洞穴的假象往往源于以下几种因素：也许是因为思想为先入之见所左右，也许是因为在进行比较或区分时过于钻牛角尖，也许是源于特定时代的偏好，也许是因为所思辨的对象漫无边际或过于细微。总之，从事自然科学的研究者当以此为律——对于你所倾心并喜好的应当予以质疑，在处理此类问题时应当心存戒备，以确保心智平和，头脑清醒。

---

　　①　刘开帕斯 Leucippus（公元前 450~?），前古希腊哲学家。
　　②　德谟克利特 Democritus（公元前 450~前 370 年），古希腊自然派哲学家。德谟克利特是经验主义的自然科学家和第一个百科全书式的学者。古代唯物思想的重要代表。他是"原子论"的创始人，由原子论入手，他建立了认识论。

## 六八

　　我们必须下决心，以严肃的态度摒弃上述各类假象及其相关的东西，解放思想，使理智臻于纯净的境界。天国之门，非赤子莫入，建立在科学之上的人类王国同样如此。

选自《新工具》

# 论学问的尊严

惟有仁爱才是解药，惟有仁爱才能彰显知识的尊贵。

谈到学问的尊严，为了表述清晰，避免读者的腹诽，且让我先从学问的蒙羞谈起。人的无知导致学问的厄运，无知表现在各方面，有时因宗教人士的极端和多疑，有时因政客的无情和自负，还有时因学者自身的谬误和莽撞。

神学家认为接触知识必须谨慎，因为知识本身有其局限。他们还说，过度求知源于人类的贪欲和罪恶，从而导致人类的堕落。知识犹如阴险的毒蛇，一旦潜入人心，他就会自以为是，目空一切。所罗门曾告诫世人，"著书多，没有穷尽；读书多，身体疲倦。"他还说："因为多有智慧，就多有愁烦，加增知识，就加增忧伤。"圣徒保罗警告世人，"你们要谨慎，恐怕有人要用他的玄学和虚空的妄言，不遵循基督的教导，而以陈腐的世俗之见来毁了你们。"以往的经验昭示人们，学者易为异教徒，无神论往往盛行于学术繁荣之时。神学家还指出，人们向往第二动因的结果，往往削弱了其对万物神创的第一动因的信仰。

那些人显然没有经过深思熟虑，所以揭示其谬误和无知的根源也并不难。人类无视上帝的戒律，力图掌握知善恶的能力，为所欲为，此为其堕落的根本原因，而不是因为人类想要学会有关自然和宇宙的知识，也不是因为伊甸园中的亚当欲以其所有的知识对各种特殊的事物加以命名。惟有上帝以及对上帝的祈祷才能使人类空虚的心灵得到满足，舍此别无他途，所以知识再多也不会让人忘乎所以目空一切。

　　在论及人的感觉时，所罗门曾言："眼看，看不饱；耳听，听不足。"那是因为容器远远大于其中的内容，永远难以装满。所罗门制定了一部历书，以便依据时间和节气来筹措行为。他谈到知识和心灵的关系，认为心灵接受感知。他断言，万物的运作依时而定，上帝令万物精彩纷呈，人心能接受万物，却难以明白上帝的所作所为。可见，所罗门的这番话显然表明，上帝让人的心灵如同镜子照物，人们通过心灵来感知天地万象，恰如眼睛接受光线，产生印象。人类的心灵乐于感受天地万象，并乐于探究天地万象背后的奥秘。

　　所罗门曾隐约提及自然规律至高无上，却又认为人类难以掌握自然规律，不过他这么说并非要贬低人心的作用，仅仅是认为人类在探究自然规律时不会一帆风顺，人的精力有限，人的生命无常，加上传统的偏见等等，无不构成人为的障碍。所罗门曾言，犹如神的明灯，人依靠心灵来探究世间万物，玄妙宇宙，可见人类探究和利用自然万物的能力无远弗届，甚至在某些方面可以达到举足轻重的程度。心灵的感受力既然是无限的，那么知识再多再广也不会有过滥之虞。其实问题不在知识的多少，只要不严于鉴别，就会混入毒素，从而产生恶果，并泛滥成灾，荼毒方来。

　　惟有仁爱才是解药，惟有仁爱才能彰显知识的尊贵。前述使徒之言，加上后面的话方为全面：知识令人自高自大，仁爱才能造就人。使徒还说过："我若能说万人的方言，并天使的话语，却没有爱，我就成了鸣的锣、响的钹一般。"这就是说如果言不及义，无关仁爱，那就是空话连篇徒有其表，毫无实际价值可言。所罗门告诫说，多写多读于人无益，知识徒增烦恼。圣徒保罗警示人们不要为虚空的妄言所惑，这些话值得人们三思。这些话恰如其分地揭示了人类所知的局限，但并不是说，人类的心灵无法领悟天地万物的本质，人类的局限有三：首先，不应无视人生的宿命，而过分依赖知识。其次，享受知识赋予我们的舒适，不要满腹牢骚怨天尤人。最后，不要急于希望利用知识来发现神的奥秘。

所罗门就此进行过一番阐述，他说："我便看出，智慧胜过愚昧，如同光明胜过黑暗。智者眼目光明，愚人在黑暗中行，我却看明有一件事，两者终将归于相同的宿命。"至于第二点，知识导致的烦恼毕竟是暂时的，并非不可避免。求知的好奇是知识的种子，它会为人带来快乐。不过，之所以会产生心灵的烦恼，那是因为人类滥用知识，贪得无厌地利用知识来满足自己的占有欲。在这种情况下，知识就不再是哲人赫拉克里特所谓的纯净的光和高尚的灵魂，反而成了被人为情绪渗透的混浊的光。也不要随便忽视第三点，不妨进一步加以探讨。假如有人认为仅凭感觉和对客观世界浅薄的了解就能掌握智慧之光，进而看透上帝的本质，探知上帝的意志，那么他的心灵无疑受到了玄学的蛊惑。上帝创造万物，人们由此获取知识。但人们并不能因此洞悉上帝的一切作为。人们所知除了奇迹，无非是一些零碎的知识。柏拉图学派的一位哲人讲得不错，"人类的感觉犹如太阳，它让我们看到了大地，却又屏蔽了星星和太空。可见，感官为我们呈现了大地，却又屏蔽了上帝的界域。"过去的学者希望借助感官的翅膀窥见神的隐秘，所以大多沦为了异教徒。有人以为知识太多会使人倾向无神论，对万物起源的无知方能使人们去信仰创世的上帝。约伯曾向他的朋友提问：常人为迎合他人而说谎，你愿意为讨好上帝而说谎吗？上帝依靠第二动因支配万物运行。假如有人为了讨好上帝而心口不一，那就是欺骗，就是玷污了供神的祭品。经验告诉我们，对哲学半通不通的人才会沦为无神论者，如对哲学有很深的造诣，肯定会使他皈依宗教。初学者感受不深，易误入歧途，忘了第一动因。如果能深究哲理，搞清上帝创造万物的因果关系，他就会明白，如诗人所言，自然的大纲最终还是系在神的座位上。

　　总而言之，《圣经》是上帝的教导，神学和哲学亦来自上帝的创造，对两者的研究惟恐太浅，不怕太深，人们理当努力学习。切记，无论是研究神学或哲学，目的不是为了以此自傲和卖弄，而为了仁爱。此外，将两者混为一谈亦为不智之举。

选自《学术的进展》

人

性

篇

# 论人的天性

人的天性可以育成香花，也可能长成杂草。香花宜精心浇灌，杂草当及时芟除。

人的天性常常可以掩饰，有时也能加以抑制，但难以泯灭。压力愈大，逆反愈烈。教育训导，作用有限，惟有习惯才能重塑人的天性。

想要改善自己天性的人，目标要定得适中。目标太高，容易因屡屡受挫而灰心；目标太低，虽有效果，毕竟进展太小。开始练习时可借助外力，就像抱着气袋浮板学游泳。接着便要加强难度，就像穿着重鞋练跳舞。如果练习比实际更难，则效果更佳。秉性难改，则可用循序渐进的方法加以磨炼。如念24个字母来制怒。戒酒时，从大杯豪饮到每餐一盅，逐步递减直到完全戒除。如果毅力过人，下定决心一举了断，当然最好了。

"敢于打破枷锁，永世脱离苦海，这才是灵魂自由的人。"

也不要忽视古人的遗训，可以从相反的方面着手来磨炼性情，就像扳直一根杆子，矫枉过正，适得其中。当然相反的一端也不应是另一种恶习。培养新的习惯也不必过于执着，可以稍事停顿，有张有弛，效果更佳。人非完人，在不断的实践中往往会善恶俱进，适当的间歇是惟一的补救方法。对天性的控制，不可过于自信。人的本性有时会深藏不露，但在某种场合或某种诱惑下又会按捺不住。就像《伊索寓言》中那只猫，它变成女人，端坐在餐桌旁，可当一只老鼠窜过去时，它就情不自禁地扑了过去。所以，要么完全避开这种场合，要么干脆常常经历这种场面，从而做到不为所动。在私生活里，人的本性毕露无遗，因为那时无须掩饰。情绪激动时，本性也会流露出来，因为那时难以自制。在新的境遇中，人的本性也会显露出来，因为那时已脱离熟知的环境。

　　天性和职业相合适的人是幸运的。个性与职业相悖的人会抱怨："我的灵魂许久找不到归宿。"在治学上，对非学不可的东西，要规定时间学习。对与自己天性相合的学问就不必拘泥时间，稍有余暇，你的思想会不由自主地飞往那里。人的天性可以育成香花，也可能长成杂草。香花宜精心浇灌，杂草当及时芟除。

选自《随笔集》

论善与性善

要与人为善，但不要被他人的厚颜和妄求所束缚。

我所谓的"善"，即为公众幸福所奉献的爱。也就是古希腊所谓的"乐善好施"，"人道"一词尚不足以表达其内涵。这种习性，可称之为"善"，其天然的倾向也就是"性善"。德以善为首，此乃上帝的特性。若无这种品性，人将沦为蝇营狗苟、惹是生非、无可救药的贱货，与蚊蝇蚤虱不相上下。

善与神学中的德行、仁爱相一致，它有不足，但不会过滥。过分追求权力使天神沦落①，过分追求知识使人类堕落。但仁爱则是多多益善，无论是天使还是凡人都不会因此而遭殃。为善的倾向深深地铭刻在人的本性之中，如果不施于人类，也会施于其他生灵。如土耳其人生性凶残，却能善待禽兽，泽及鸟狗。巴斯比奇②曾记载道，在君

---

① 夏娃受蛇的引诱，与亚当同食知善恶树上的禁果，被神逐出伊甸园。参见《旧约·创世记》第2—3章。

② 巴斯比奇 Ogier Ghiselain de Busbecq（1522~1592），欧洲外交家，曾活跃于土耳其宫廷，他的书信中记载了许多土耳其人善待动物的轶事。

士坦丁堡有一个基督徒，撑开一只长喙鸟的嘴巴取乐，结果自己差点被人用石头砸死。

善与爱也会犯错。意大利有一句粗俗的谚语："好得过分，等于一无是处。"意大利思想家马基雅维里①说得更为直率，"基督教的信仰使善良者成为任恶棍宰割的羔羊。"他这样说是因为从没一种律法和教规像基督教那么强调"善"。善的品性是如此良好，为了避免诽谤中伤，不妨先了解一下它的不足之处。

要与人为善，但不要被他人的厚颜和妄求所束缚。那样的话，就是柔弱可欺，好心反成了自套枷锁。也不要滥施爱心，像伊索寓言中那样，给公鸡一颗宝石，其实它更乐意得到一颗麦粒。

上帝的训诫切实可信，"他叫日头照好人，也照歹人；降雨给义人，也给不义的人。"②但是上帝从不把财富普施天下，也不将荣誉和德行普照众生。一般的福利可以人人共享，特殊的恩赐则有所选择。在临摹肖像的时候要谨防毁了原型。神意以爱己为原型，进而由己及人，爱邻人乃是爱自己的翻版。"去变卖你的所有，分给穷人，来跟随我。"③但是切莫变卖你的一切，除非你来跟从我。可见，除非你是天命所召，能以有限的钱财广济众生，否则就如以区区泉水来灌注滔滔江河。

为善不仅出于正当的理由，有些人为善乃出自天性。正如在另一方面，人性中也有恶的倾向。有些人生性自私，厌恶他人。执拗乖僻，惹是生非尚在其次，最可恶的就是无端嫉恨，歹毒无比。这种人喜欢

---

①　马基雅维里 Niccolo Machiavelli（1469~1527），意大利文艺复兴时期政治思想家，著有《君主论》《佛罗伦萨史》等。主张为维护统治可以不择手段，被后人称为"马基雅维里主义"。

②　见《新约·马太福音》第 5 章第 45 节。

③　《新约·马可福音》第 10 章第 21 节："你还缺少一件，去变卖你所有的，分给穷人，就必有财宝在天上；你还要来跟从我。"

幸灾乐祸，损人利己，其行径还不如舔拉撒路疮的狗①，简直就像嗜痂的苍蝇，一天到晚嗡嗡不休。这种"忿世者"不像雅典的泰门②，哪怕他们的院子里没树，也想骗人去自缢。这种恶劣的品行堪称人性的堕落，却也正是造就政客的有用之材。歪材可以造船，它注定要在风浪中颠簸。房屋要造得坚固，所以曲木难为栋梁之材。

善的特征不胜枚举。如果能对他乡陌路之人彬彬有礼，则足以表明他是个"世界的公民"，他的心胸不像汪洋中的孤岛，而如四通八达的大陆。如果能体贴别人的痛苦，足见他心地善良，犹如那高贵的大树，为了抚慰他人的伤痛，宁肯割破树皮，奉献药脂。如果能宽宏大量，以德报怨，足见他境界极高，超然于毁誉宠辱之上。如能对滴水之恩涌泉相报，足见他看重的不是礼之轻重，而是情之厚薄。如果能像圣保罗那样高尚无比，为了拯救兄弟，不惜被革出教门③，足见他已超凡脱俗，能与基督同行了。

选自《随笔集》

---

① 《新约·路加福音》第16章第20—21节："又有一个讨饭的，名叫拉撒路，浑身生疮，被人放在财主门口，要得财主桌子上掉下来的零碎充饥；并且狗来舔他的疮。"

② 普鲁塔克《人物传》记载愤世嫉俗的泰门让世人到他园中的树上自缢。莎士比亚著有《雅典的泰门》一剧。

③ 《新约·罗马书》第9章第3节："为我弟兄，我骨肉之亲，就是自己被诅咒，与基督分离，我也愿意。"

# 论复仇

人若是一心只想复仇，就会使本当消退的伤痛难以愈合。

以复仇来伸张正义，未免失之野蛮。人的本性越倾向于复仇，法律就越应当对这种行为加以芟除。先错者不过是触犯了法律，对此加以报复则等于将法律置之度外。复仇固然使你与仇家扯平，但若能不计前嫌，你就更高一筹，因为赦免乃是君王的所为。所罗门说得好："能恕人之过，方显过人之尊。"① 过去的事已经过去，无可挽回，通达明智之人着眼于现在和未来，无暇为往事枉费心力。没人会纯粹为了作恶而作恶，无非是为了争名夺利，追求享乐而已。他爱自己胜过爱我，我何必对他发怒？有的人生性邪恶，犹如荆棘。荆棘除了扎人，什么也不会干。

有些恶行，连法律也对它无可奈何，对这种恶行施加报复情有可

① 所罗门Solomon（活动时期公元前10世纪中叶），以色列最伟大的国王之一，大卫之子和继承人。史传智慧过人。《旧约·箴言》第19章第11节："人有见识，就不轻易发怒；宽恕人的过失，便是自己的荣耀。"

原。但须留意，要使法律对你的报复行为同样无奈，否则仇敌还在，法律高悬，你就处于以一对二的劣势。有的人复仇时，公开向对方挑明，显得气度不凡。复仇的痛快不仅在于伤害对方，而在于让对方懊悔。卑劣狡诈的懦夫只会暗箭伤人。

佛罗伦萨大公科西莫①曾经痛斥背信弃义的朋友，认为这种行径罪不可恕。他说："《圣经》教导我们宽恕敌人，却没有教导我们宽恕负心的朋友。"② 不过，约伯的精神境界更高，他说："我们从上帝手中得到好处，得到坏的就不满意了吗？"③ 交友之道，亦当如此。

确实，人若是一心只想复仇，就会使本当消退的伤痛难以愈合。报公仇大多较为幸运。如为恺撒、佩提纳克斯、法兰西国王亨利三世④之死的复仇。类似的事例委实不少。报私仇就不是这样，刻意复仇者的生活就像巫师那般阴暗，活着有害于人，死亦不得善终。

选自《随笔集》

① 科西莫 Cosimo（1519～1574），佛罗伦萨公爵，美第奇家族成员。

② 《旧约·利未记》第 19 章第 17—18 节："不可心里恨你的弟兄；总要指摘你的邻舍，免得因他担罪。不可报仇，也不可埋怨你本国的子民，却要爱人如己。我是耶和华。"

③ 《旧约·约伯记》第 2 章第 10 节："哎！难道我们从神手里得福，不也受祸吗？"

④ 恺撒 Caesar, Gaius Julius（公元前 100～44 年），罗马统帅、政治家，死于谋杀。佩提纳克斯 Pertinax, Publius Helvius（126～193），罗马皇帝，即位不到 3 个月便被士兵杀死。亨利三世 Henry III（1551～1589），法国瓦罗尔王朝末代国王，1589 年被刺杀。

# 论嫉妒

嫉妒是一种卑劣的情感，反映了魔鬼的本性。嫉妒总是暗中作梗，诋毁世间美好的事物。

人有七情六欲，其中惟有爱情和嫉妒最能令人心痴神迷。爱情与妒心炽热难捺，会令人身不由己地想入非非。爱情与嫉妒的对象一出现在面前，人的眼神就会禁不住流露出内心的情感。这就是通常所谓的"着魔"。

《圣经》将嫉妒称为"凶眼"①；星相家将不祥的征兆称为"灾星"。可见，目光确能折射出人的嫉妒心。一朝得意难免溢于言表，不虞之毁便会接踵而至。嫉妒的对象春风得意之日，正是嫉妒的目光伤人最狠之时。

且不论这等无稽之谈（虽在适当的场合亦非不值一提），让我们

---

① 《新约·马可福音》第7章第21—23节："因为从里面，就是从人心里发出恶念、苟合、偷盗、凶杀、奸淫、贪婪、邪恶、诡诈、淫荡、嫉妒、谤讟、骄傲、狂妄。这一切的恶，都是从里面出来，且能污秽人。"

人欲胜天，必先顺天。

探讨一下什么人最会嫉妒别人，什么人最易招人嫉妒。公妒和私妒区别何在。

卑劣之徒易妒德高之人，身无长处可以自得的人，尤以咬住他人的短处为快。无足称道者更会指责他人，因无法企及他人的美德，便蓄意诋毁，以求得心理平衡。

好事者必好妒。这种人忙于打探别人的事情，尽管那些事根本与他们无关。可见他乐于像看戏那样观赏他人的是非祸福。忙于自己事情的人无暇嫉妒别人。妒意难抑，它爱在大街小巷里游荡，从不安于一室。真所谓："好管闲事者难免心术不正。"

世族对新贵的崛起难掩嫉妒之情，因为原先的距离已发生变化，就如视觉出错，别人向前却好像自己在倒退。残废、阉人、老迈和私生子均爱嫉妒，因为自身的缺陷已无从弥补，贬损他人便无所不用其极。大智大勇之人却非如此，他们虽有残缺，但并不以此为耻。反而要人们为之称奇，一个阉人或跛子竟能成就如此伟业。曾为宦官的纳尔塞斯，跛子阿格西劳斯和帖木儿①就是这样的伟人。

历尽磨难东山再起的人同样好妒。他们就像那些郁郁不得志的人，欲将他人的痛苦来补偿自己的不幸。

心浮气躁，酷爱虚荣，凡事均想出人头地的人妒心尤重。因为不可能事事都超过他人，总有某些方面不如别人，他的嫉妒心就更难平息。罗马皇帝哈德良②就是这种性格。他居然嫉妒诗人、画家、技工，因为他在这些领域也不甘人后。

---

① 纳尔塞斯 Narses（约 480~574），拜占庭将军，原为皇家宦官侍卫指挥官，曾征服意大利的东哥特王国。阿格西劳斯 Agesilaus（约公元前 444~前 360 年），斯巴达国王。帖木儿 Tamberlanes（1336~1405），信仰伊斯兰教的突厥人征服者。

② 哈德良 Publius Aelius Hadrianus（76~138），罗马皇帝。在位期间重视法学，大兴土木，奖励文化。

　　亲友、同僚、一起长大的伙伴中出人头地者也易招来同辈的嫉妒。因为别人的发迹反衬出自己的霉运，从而刺激了他们，令他们耿耿于怀。别人的谈论和声名更使同辈妒火中烧。上帝看中亚伯的祭品时没人旁观，这就使该隐对兄弟的嫉妒显得更为险恶。① 有关易妒之人且谈这些。

　　什么人不易招来嫉妒，什么人容易受人嫉妒？德高者在升迁时不易招妒，他们的荣耀乃实至而名归。收到欠债不会有人嫉妒，得到大笔的赏赐则不免招人妒忌。嫉妒总是产生于攀比。没有攀比，就没有嫉妒。没人会嫉妒国王，除非他本人也是国王。寒门子弟崭露头角时易招人忌妒，其地位巩固后才能淡化他人的妒意。功勋显赫之辈在其荣华富贵绵延不绝之时易招嫉妒，尽管其功德如旧，但其荣光已今非昔比，新贵的崛起已使之相形失色。

　　世家贵族的升迁不易招人忌妒，这似乎是他们天生的权利。加官晋爵对他们原有富贵荣华影响甚微。嫉妒就像阳光，峭壁要比平地更能感受到阳光的炽热。同样，按部就班不像平步青云那么招人嫉妒。

　　历经艰辛才争得荣耀的人不太会遭到嫉妒，因为他们的荣耀得之不易。而且还容易赢得他人的同情，同情可以防止嫉妒。有些老练的政客在权势鼎盛之时仍大叹苦经，抱怨日子难过。这并非其真实的感受，而是为了钝化嫉妒的锋芒。不过这种抱怨应指外加负担，而不是自找麻烦。过分的专断独行最易惹人嫉妒。大人物消弭嫉妒的最好方法莫过于让下级各行其权，各安其位，从而在自己和嫉妒之间设下了重重屏障。

　　以富贵傲人者最易招来嫉妒，这种人自鸣得意目空一切，似乎非

---

　　① 该隐和亚伯为亚当之子，上帝喜欢亚伯的祭品，该隐心生嫉妒，杀死其弟亚伯，受到上帝的惩罚。《旧约·创世记》第 4 章第 3~5 节："有一日，该隐拿地里的出产为供物献给耶和华；亚伯也将他羊群中头生的和羊的脂油献上。耶和华看中了亚伯和他的供物。该隐就大大地发怒，变了脸色。"

得如此方能显示自己高人一等。聪明人面对嫉妒有所收敛，宁可在一些无关紧要的事情上退让三分。光明磊落的大家风度（只要不显得骄矜）不像诡诈虚饰那般易招忌妒。诡诈虚饰等于心虚理亏自贬身价，教唆他人来嫉妒自己。

如前所述，嫉妒犹如巫术，要加以防范，不妨采取防治巫术的方法，即将"邪气"转嫁他人。因此，有些精明的政客往往把别人推上前台抛头露面，将本该针对自己的嫉妒转移到了同僚或下属头上。那些好事之徒为了一官半职往往不惜一切代价，因此，竞相出头的莽汉不乏其人。

谈到公妒，尚有些许可称道之处，不像私妒那样乏善可陈。公妒就如古希腊的贝壳放逐法①，它能制约那些权势过重的人，对他们有所束缚，以免超越权限。

这种嫉妒，拉丁语称之为 invidia，当今英语语意为"不满"。（我将在《论叛乱》一文中详加论述）它是国家的重症，会像传染病那样感染健康的肌体，使之溃烂。它一旦侵入国家的肌体，将败坏那些最好的措施，使之声名狼藉。此时再采取补救的措施已无济于事，反而显得政府害怕民愤，软弱无能，结果更糟。就像传染病，你越害怕，就越会缠上你。

这种"不满"似乎主要是针对高官重臣而非国王和政体。但是，如果人们无缘无故忌恨某个大臣，或者说人们忌恨所有的高官，那么，这种忌恨（即便隐而不发）就是针对国家体制的。这条定律毋庸置疑。有关公妒或不满以及与前述私妒的区别就谈到这里。

总之，在人的情欲中，其他情欲或有起伏，惟有嫉恨最难释怀，

①　贝壳放逐法：又称"陶片放逐法"。古雅典公民大会中的一种特殊投票法。公民将其认为可能危害国家的人的名字记在贝壳或陶片上。得票逾半数者则被放逐国外 10 年。各政治集团常利用这一手段来排除异己。

惟有妒火最难将息。古人道，"嫉妒从不休假"，真是言之有理。其他的情感或可消解，爱情和嫉妒却挥之不去令人憔悴。嫉妒是一种卑劣的情感，反映了魔鬼的本性。这个魔鬼就是《圣经》中所指的"那个心怀妒意的人，趁着夜色，在麦田里种上稗子"①。嫉妒总是暗中作梗，诋毁世间美好的事物。

选自《随笔集》

---

① 《新约·马太福音》第 13 章第 24—25 节："天国好像人撒好种在田里，及至人睡觉的时候，有仇敌来，将稗子撒在麦子里就走了。"

# 论迟钝

　　运气犹如市场行情，稍等片刻，价格就降。但有时它又像西比拉的书价①，先是全套出售，然后拆零，但索价如旧。常言道："机会稍纵即逝，你抓不住前额的头发，就只能摸秃脑袋了。"抓不住瓶颈，就只能去抓滑溜溜的瓶肚子了。事情稍露端倪，便能抓住机会，方为聪明过人。

　　看似不危险，恰恰最危险，人为危险所迫，更为危险所惑。危险尚未临头时，与其坐视干等，不如主动迎击，观望过久，令人昏睡。反之，也不要被敌人在月光下的巨大幻影所蒙骗，以至贸然出手，仓促应战反而会落败。

　　时机是否成熟要细加斟酌。凡遇重大的事情，当使百眼巨人阿耳

----

① 　西比拉的书价 Sibylla's offer：女巫西比拉曾售书九卷于罗马国王塔昆 Tarquin，索价甚高。王不纳。女巫焚书 3 卷，索价如前。王笑而拒之。又焚书 3 卷，仍索原价。王询问策士，乃知西比拉能未卜先知，此书为神谕集，遂以原价购入残卷。

戈斯①先行，百臂巨人布里亚柔斯②断后。前者观察敏锐，后者出手果断。普卢托③的盔甲能使机敏的人销声匿迹，酝酿策划，秘不示人；付诸实施，迅捷非常。一旦行动，迅速是保密的最好方法，就如弹丸穿空，令人目不暇接，猝不及防。

选自《随笔集》

---

① 阿耳戈斯 Argus，Panoptes，希腊神话中的百眼巨人。
② 布里亚柔斯 Briareus，希腊神话中的百臂巨人。
③ 普卢托 Pluto，希腊神话中的冥王，戴上普卢托的头盔，便能隐形。

论狡猾

把狡诈当聪明，祸国殃民，莫此为甚。

　　狡猾是邪门的智慧。无论是诚信还是能力，刁棍与智者不可同日而语。有的人擅长发牌作弊，牌技却臭不可言。有的人精于拉帮结派，舍此一无所长。人情练达与处世办事也不可相提并论。不少人长于揣摩他人的脾气，但缺乏办事能力。他们的心思全花在察言观色上，对读书却毫无兴趣。这种人最适于搞阴谋而不能当智囊。他们的本事仅限于其熟知的小圈子，若与新人打交道，他们就不知所措了。欲辨智愚，如古训所言："把他们两人脱光了送到陌生人面前，就原形毕露了。"他们经不起这样的考验。这些刁钻之徒犹如杂货贩子，将他们的货物抖搂出来又有何妨。

　　狡猾的手段之一是交谈时察言观色。就像耶稣会①的训诫所言：

---

　　① 耶稣会 Jesuits：天主教修会，由依纳爵 Ignatins of Loyola（1491～1556）于 1539 订立会规，成立耶稣会，翌年得到教皇批准。该会在宗教生活形式上有所革新，强调顺从教皇，准许会士到世界各地布道。该会要求会员与人交谈时低头敛目，以示谦卑。

057

不少聪明人有隐秘之心思，无保密之脸容。若要察言观色，先得不动声色，就像耶稣会会士那样双目低垂，貌似谦卑。

另一种手段是，当你急于达到某种目的时，先扯开话题，取悦于对方，他就会糊里糊涂地同意你的要求。我认识一个官员，每当他想要女王伊丽莎白签署文件时，总是先与女王谈论其他事情，这样女王就不会十分认真地审视那些文件。

趁某人忙得不可开交，无暇三思之时，突然向他提出某事，也不失为一种有效的手段。

想阻挠别人可能提出的建议，先假装赞成，抢先提出。设法引起他人的反感，使该项建议受挫。

欲言又止，故弄玄虚，从而钓起别人的好奇心，使他急于想知道你想说什么。

追问出来的话比主动讲出来的话更有说服力。你可以流露出异常的表情，设下鱼饵，诱人发问。就像尼希米那样："我以前在君王面前一向脸无愁容。"①

有些敏感而令人难堪的事情，最好让那些无关紧要的人先开口，然后自然会询问那些说话有分量的人物，他就能以随意的方式谈论此事。纳西索斯②欲向国王克劳狄厄斯举报王后梅莎利娜与西鲁斯私通时，就采取了这种策略。

为了免受牵连，可以借用他人的名义，如"人家都说……"或"听说……"这也是一种狡猾的手段。

我认识一个人，写信时总是把最重要的事写在附言里，好像是顺便提出来似的。

---

①　《旧约·尼希米记》第2章第1节："我拿起酒来奉给王。我素来在王面前没有愁容。"犹太先知尼希米在波斯王面前故作愁容，使王同意他回归故国。

②　纳西索斯 Narcissus（？~54），原为奴隶，后得到皇帝克劳狄厄斯的宠信。他先通过宫女向皇帝秘告皇后奸情，然而才直陈详情。

另一个人讲话从不开门见山，而是绕几个圈子再回到正题，几乎是忘了那件事似的。

有人为了自我引荐，在对象面前故作惊慌，好像不期而遇。手里还拿着一封信，露出不自然的样子，引起对方发问，乘机进言。

有一种狡猾的手段是自己先发一通议论，诱使他人学舌，再乘机加以诬陷。在伊丽莎白女王时代，有两个人争当部长。他们交情不错，经常交谈。一个人说："在君权衰落的时代，当个部长日子未必好过，他可不想当什么部长。"另一个人随声附和，又对别人说，在君权衰落的时代，他并不怎么想当部长。前者设法让这话传到女王耳中。女王听到"君权衰落"，心中极为不快，那人从此失宠。

还有一种狡诈之道，英国人称为"翻烧饼"。就是把自己说的话赖给别人。两人之间的交谈，实在扯不清谁究竟说了什么。

有的人以矢口否认来自我表白，声称："我才不会干这种事。"把矛头暗指他人。如提格林努斯①评论巴罗斯②那样，在皇帝面前说："我可不像巴罗斯那样对反对派抱有希望，我一心想的只有皇帝的安全。"

有的人知道许多奇闻异事，若想暗示什么，便用故事把它包装起来，既能设周身之防，又能借他人之口广为流传。

在交谈时暗示自己希望得到的答复，使对方的回答更直截了当，这也是一种狡猾的手法。

有些人在谈及他真正想说的话题前，东拉西扯，言不由衷。这需要耐心，但很有效用。

突如其来地大胆提问，对方始料不及，仓促之间会露出真情。如

①　提格林努斯 Tigellinus，Ofonius（？~69），罗马皇帝尼禄的主要谋臣，禁卫军司令。以教唆尼禄为恶而飞黄腾达。

②　巴罗斯 Sextus Aranius Burrus，罗马皇帝尼禄的老师，受谮而死。

一个隐姓埋名的人在圣保罗大教堂闲逛，突然直呼其名，他就会猛然回头。

狡猾的伎俩琐碎繁多，不胜枚举，将其揭示出来毕竟有益无害。把狡诈当聪明，祸国殃民，莫此为甚。

有些人能知道事情的原委和结果却不能得其要旨，就像一幢房子徒有方便的大门和楼梯，却没有宽敞的房间。他们可以故弄玄虚，却没法把握大局。但他们擅长利用自己的无能来装腔作势冒充大才。有的人处世不是靠自己堂堂正正的行为，而是靠利用别人来欺世盗名。但所罗门说得好："智者有主见，愚者靠行骗。"①

选自《随笔集》

_____

① 《旧约·箴言》第 14 章第 8 节："通达人的智慧，在乎明白自己的道；愚昧人的愚妄，乃是诡诈。"

# 论自私

自私者的聪明无非是些卑鄙的行径。他们原以为靠一己小慧便能缚住命运之神的翅膀，损人利己，不择手段，最终却沦为命运变幻莫测的牺牲品。

蚂蚁是一种善于自谋的动物，但对果园花圃却未必有利。极端自私的人，对公众往往有损无益。要用理智分清利己与社会的关系。对己不自欺，对人要真诚，对君王和国家尤其如此。以自我为行动的中心不足称道，这就像地球，地球的运转以自我为中心，其他天体的运转则以别的天体为中心。

凡事以自我为中心，作为君王尚情有可原。因为君王不仅仅代表自己，他的为善为恶事关天下安危。如果一个臣仆和公民也以自我来衡量一切，那就是罪过了。这种人为了一己私利会扭曲一切事物，与君王和国家的利益背道而驰。因此，君王和国家对这种自私的家伙，只可利用，不可重用。自私最大的祸害是乱了国家的纲纪，将臣仆的利益置于君王之上，简直不成体统。更为大逆不道的是，为了臣仆的小利不惜牺牲君王的大利。品行不端的官员、财臣、大使、将军和其他贪官污吏无不如此。他们挖空心思暗中营利，不惜耽误国家大事。他们所得的最大好处就是中饱私囊，损害的却是君王的利益。"为了烤熟自家的鸡蛋，宁肯火烧别人的房子。"就是极端自私者的德行。而这种人偏偏能得到君王的宠信，因为他们善于依靠曲意逢迎来谋取一己之利。无论如何，他们都会把主子的利益置之度外。

　　自私者的聪明无非是些卑鄙的行径。那是一种老鼠般的聪明，老鼠会在搞塌房子前滑脚开溜。那是一种狐狸般的聪明，狐狸强占獾熊挖好的洞穴。那是一种鳄鱼般的聪明，鳄鱼在吞噬前先挤下几滴眼泪。但是，切记，这种家伙（如西塞罗所说的庞培①）只爱自己，宁负天下，往往不得善终。他们原以为靠一己小慧便能缚住命运之神的翅膀，损人利己，不择手段，最终却沦为命运变幻莫测的牺牲品。

选自《随笔集》

---

　　① 庞培 Gnaeus Pompeius Magnus（公元前106~前48年），古罗马统帅、政治家。公元前60年与恺撒、克拉苏结盟，后与恺撒争权，兵败身亡。

# 论假聪明

浮夸之徒所惯用的伎俩无非是以虚充实，故作深沉，在有识之士看来不过是喜剧的笑料而已。

有人说，论聪明，法国人内心胜过外貌，西班牙人外貌胜过内心。且不论国民之间的差别，人与人之间的情况确实如此。圣保罗在谈到虔诚时说："有敬虔的外貌，却背离了敬虔的实意。"[①] 世上确有这类人，貌似聪明，华而不实，"费大力，做小事"。这类浮夸之徒所惯用的伎俩无非是以虚充实，故作深沉，在有识之士看来不过是喜剧的笑料而已。

有的人城府极深，除非在阴暗角落里才肯把自己的货色略示一二。经常欲言又止，不懂装懂。

有的人装腔作势，貌似聪明。像西塞罗描绘皮索那样："一根眉毛翘到前额，一根眉毛垂到下巴，还口口声声标榜自己心地善良。"

---

① 《新约·提摩太后书》第 3 章第 5 节："有敬虔的外貌，却背离了敬虔的实意，这等人你要躲开。"

有的人夸夸其谈，固执己见，以这种手法来表明自己一贯正确。

有的人对自己做不到的事情装出一副不屑的样子，或者干脆加以诽谤嘲讽，以轻蔑的态度来掩饰自己的无知。

有的人爱与别人唱反调，靠吹毛求疵来哗众取宠。格利乌斯①将这种人讥为"形如疯癫，好咬文嚼字，却成事不足，败事有余"。柏拉图曾在《对话录》中把普罗迪卡斯②嘲弄了一番。柏拉图让普罗迪卡斯的演讲词充满说长道短的空论。在讨论议案时，这种人通常持有异议，声称议案前景多难，以此来博取一己声名。因为议案一经否决便会一了百了，如果通过了，就得做大量的工作。这种虚假的聪明足以败坏我们的事业。

总而言之，入不敷出的商人和捉襟见肘的败家子，为了硬撑门面，无所不用其极。不学无术的伪君子，为了保住虚名，所用的诡计则有过之而无不及。貌似聪明的人是靠手腕来骗取声名的，对这类人绝不可加以重用。宁用反应迟钝的人，不用浮夸不实之徒。

选自《随笔集》

---

① 格利乌斯 Gellius, Aulus（创作时期在公元 2 世纪），古罗马作家，著有《雅典之夜》。

② 普罗迪卡斯 Prodicus，公元前 5 世纪希腊诡辩学家。

# 论野心

野心犹如体内的胆汁，分泌顺畅，它能令人积极进取，灵巧活泼。若受到遏制，无从发泄，则会使人忧郁，进而变得阴冷刻毒。

野心犹如体内的胆汁，分泌顺畅，它能令人积极进取，灵巧活泼。若受到遏制，无从发泄，则会使人忧郁，进而变得阴冷刻毒。若腾达有望，正在步步高升，野心家便会忙于营生，无暇危及他人。如野心受挫，他们就会暗生怨望，用歹毒的目光处世待人，幸灾乐祸，惟恐天下不乱。这种品性于国于君均有害无益。国君最好不要重用野心勃勃的人，如需任用，也得调度得法，让他们逐步升迁，无降职之虞，这么做难免有诸多不便。这种人如看到升官无望，便会成事不足败事有余。任用野心家有害无益，除非不得不用。且让我们来讨论一下，在什么情况下，非用这种人不可。

战争需要出色的将领，不管他野心多大，他的战功足以抵消他的缺陷。战将若无野心，恰如战马被卸马刺，又如何鞭策它冲锋陷阵。野心家还有一大用处，在民怨沸腾，国家危急，没人愿意出面之时，可以用他们来为君王挡驾，因为这种人就像蒙眼的鸽子，只知道不顾一切地往上飞。也可以利用野心家来搞垮骄横跋扈的权臣，提比略就是利用马可罗来除掉赛扬努斯的。

既然在某些情况下非用这种人不可，就让我们来探讨一下羁縻之术，以求减轻其危害。若论危害的程度，出身微贱的不如出身高贵的；性情粗鲁的不如德高望重的；新进后生不如奸猾老臣。有些人认为好用宠臣是帝王的弱点，其实那不失为对付权臣野心的上策。因为君王的喜怒系于宠臣，其他人就难以威震其主。另一种遏制之道，就是任用和他们一样骄横的人来与之抗衡。不过，朝中要有持重的大臣来稳定局势，否则就像没有压舱物，轮船会过分颠簸。君王至少可以扶植一些地位低下的人来惩治野心家。让野心家处于岌岌可危的险境，对本性怯懦之辈，尚不失为有效的招数。对骁勇胆大之徒，反而会促使他加速行动，犯上作乱。对那些注定要剪除的野心家，但一时又难以下手，唯一的办法就是时褒时贬，让他感到如身陷密林，前途难卜。

有各种各样的野心，惟求在大事上独领风骚的，不像凡事都要出人头地的那么可怕，后者惹是生非，足以坏事。忙于事务的野心家不像聚众邀宠的野心家那么可怕。欲在强者中逞强并非易事，但毕竟对公众有益。抹杀他人，惟我独大者是当世的祸害。

身居高位，其利有三：有利于行善；有利于接近君王要人；有利于自己敛财。为济世行善而谋求高位者是正直的人，能从动机各异的人中识别出这样的人则堪称明君。总之，君王和国家在选拔大臣时，当重用责任心胜过升迁欲，事业心胜过虚荣心的人。要善于鉴别喜欢滋事的人与乐于做事的人。

选自《随笔集》

# 论虚荣

自鸣得意的人为智者所嘲笑，为愚者所钦佩，为谄媚者所崇拜，他是夸夸其谈的奴隶。

伊索寓言写得妙："苍蝇坐在战车的轮轴上喊道：'瞧我把尘土扬得多高!'"虚荣浮夸之辈就像这苍蝇一样，凡事一经他们沾手，贪天之功化为己有。

浮夸之辈喜欢结党营私，因为自吹自擂必然贬低他人。浮夸之辈往往粗鲁莽撞，以此显得气壮如牛。浮夸之辈难守秘密，华而不实，像法国谚语所言："叫得响，做得少。"

不过，这种品性对国事也并非毫无用处，当需要歌功颂德，大肆渲染之时，就用得上这批吹鼓手。李维在叙述安条克和埃托利亚人结盟的史事时指出："两边说谎自有奇效。"若游说于两个君王之间，欲鼓动他们联手抗敌，可夸大联盟双方的力量。若周旋于两人之间，则可夸大自己对各方的影响力，从而两面讨好。常可收到无中生有的效果，因为谎言能促成意见，意见能化为行动。

对军中将士而言，虚荣心至关重要。铁与铁能相互磨砺，虚荣心能激励将士争强好胜。欲成大事，必冒大险，追逐荣耀的人参与其间能增加活力。谨慎持重的人可以作为船底的压舱物，而不能成为高扬的风帆。若不会张扬炫耀的羽毛，做学问也难以迅速名闻天下。"《蔑视声名》一书的作者也不拒绝将自己的姓名署上封面。"

苏格拉底、亚里士多德和加伦①哪个不爱露才扬己？正是对荣誉的追求才使他们名垂后世。德行固然是美名的根基，但追求虚荣能更直接地带来声誉。西塞罗、塞内加和小普林尼②若不是那么善于自我炫耀的话，也不会有那么大的名声。木板上漆，美观耐用，虚荣对于人的作用亦复如此。

我还没有谈及塔西佗对莫西努斯的评论："他擅长美化自己的言行。"这种能力并非出自虚荣，而是因为天生胆识过人。有些人在追求荣誉时做得漂亮得体，大度、忍让、谦逊，无一不是他沽名钓誉的手段，运用之妙，令人叹服。小普林尼的方法尤其技高一筹，他主张要不吝赞扬与自己品行相似的人，"无论是否比你强，表扬别人就是表扬自己，如果他比你差，你就更值得表扬。如果他比你强，却不值得表扬，你就更等而下之了。"

自鸣得意的人为智者所嘲笑，为愚者所钦佩，为谄媚者所崇拜，他是夸夸其谈的奴隶。

选自《随笔集》

---

① 加伦 Galen（129~199），古罗马名医、哲学家、语言学家。
② 小普林尼 Plinius Secundus（62~约 113），古罗马作家。今存《书信集》十卷。

# 论荣誉

完成前人未竟的事业，你所赢得的荣誉将远远高于附从别人而做的事情，哪怕这些事情做起来更难。

实至而名归，荣誉公正地展示了个人的德行和价值。为了争逐名誉而蝇营狗苟，这种人只能成为常人的谈资，难以赢得人们由衷的敬仰。相反，有的人却才不外露，以致声名不彰。

有些事从未有人干过；有些事前人尝试过，却半途而废了；有些事前人虽然干了，却做得不够完满。若能完成这些前人未竟的事业，你所赢得的荣誉将远远高于附从别人而做的事情，哪怕这些事情做起来更难。假如一个人的行为能得到各方的首肯，自然会美誉纷至。有些事干成了固然能带来些许荣誉，失败了则会使名誉大损，这种事对维护名声可谓是得不偿失。

经过切割的钻石更为耀眼，压倒他人的荣誉更显辉煌。所以，为了名誉要勇于争胜，以其人之道，赶超竞争对手。仆从谨慎，事关名声，"名声好坏取决于家人"。嫉妒是荣誉的大敌，根除嫉妒最好的办法就是表明自己的所作所为不是为了求名，而是为了事业的成功。不要将功劳归于自己的德行和谋略，而要归之于上帝和幸运。

君王的荣誉等次如下：第一等为开国之君，如罗慕路斯、居鲁士①、恺撒、奥斯曼②和伊斯梅尔等。第二等为立法创制之君，亦称"万代之君"，因为他们创立的体制垂范后世。如利库尔格斯③、梭伦、查士丁尼④、爱德加⑤、制定"七法"的智者阿方索⑥等。第三等为"解放者"或"拯救者"，他们使国家摆脱内战之苦，将人民从外族和暴君的奴役下解救出来。如奥古斯都、韦斯巴芗、奥勒里安⑦、狄奥多利克斯⑧、英王亨利七世、法王亨利四世等。第四等为"拓疆卫国之君"，即那些大兴义师，拓展国土，驱逐外敌的君王。最后一等为"国民之父"，即那些治国有方，开创太平盛世的君王。最后二等的君王所在多有，恕不一一举例。

臣民的荣誉等次如下：第一等为"肱股之臣"，君王对他们委以重任，视之若"右臂"。第二等为军事统帅，这些将才为君王征战沙场，建功立业。第三等为"心腹之臣"，他们能下抚百姓，上慰君心。第四等为"能臣"，他们身居高位，恪守本职。还有一种极高的荣誉，

---

① 居鲁士 Cyrus（？～公元前 529 年），古代波斯帝国国王，阿黑明尼德王朝的创立者。

② 奥斯曼 Osman I（1258～1326），奥斯曼帝国的创立者。

③ 利库尔格斯 Lycurgus，传说的古代斯巴达立法者。

④ 查士丁尼 Flavius Anicius Justinianus（483～565），拜占庭帝国皇帝。在位时组织编纂《国法大全》，史称《查士丁尼法典》。

⑤ 爱德加 Eadgar，英格兰国王（959～975），曾修订英格兰法律。

⑥ 阿方索 Alphonsus of Castile，西班牙的卡斯蒂利亚和莱昂国王（1252～1284）。

⑦ 奥勒里安 Aurelianus（约 215～275），罗马皇帝。由于使四分五裂的帝国重新获得统一，他赢得"世界光复者"的称号。

⑧ 狄奥多利克斯 Theodoricus（456～529），意大利东哥特王国国王，他统一意大利，并实行了 33 年的和平统治。

那就是临危不惧，为国捐躯。如临难不苟舍身就义的雷古卢斯①和德西父子②，真是难能可贵。

选自《随笔集》

①　雷古卢斯 Regulus, Marcus Atilius，公元前 3 世纪罗马将军、政治家。两度任执政官，在罗马与迦太基战争中舍身就义。
②　德西父子 the two Decii，罗马将领。父子先后于公元前 340 年和 295 年为国捐躯。

# 论愤怒

心头火起时，宁带三分嘲弄，不露一丝恐惧。这样才能使自己显得不惧冒犯，不会因怒失态。

要彻底平息怒气，那不过是斯多葛派的大言。还是神谕讲得好，"有气不妨发出来，只要不犯罪，也不可终日含怒，愤愤不已。"① 发怒要有所节制，不可过分，不可太久。首先，我们要谈一下怎样来调和易怒的习性。其次，谈谈怎样来止怒，至少做到防止因发怒而引起的恶果。再次，如何激怒别人或使之息怒。

要做到第一点，就得静下心来反省，想想发怒的后果，想想它对生活造成的麻烦，舍此别无他途。等怒气平息后加以反思最为合适。塞内加说得好："怒气犹如粉碎的坠物，砸在地上，毁了自身。"《圣经》劝诫人们"你们常存忍耐，就必保全灵魂"②。谁失去了忍耐，谁

---

① 《新约·以弗所书》第4章第26节："生气却不要犯罪，不可含怒到日落。"

② 《新约·路加福音》第21章第19节："你们常存忍耐，就必保全灵魂（或作'必得生命'）。"

就将失却灵魂。人可不能像蜜蜂那样："蛰伤了他人的皮肤，毁了自己的性命。"易怒的习性确实不值得称道。弱者易怒，如儿童、妇女、老朽、病人之类动辄发怒。人们须知，无论如何，心头火起时，宁带三分嘲弄，不露一丝恐惧。这样才能使自己显得不惧冒犯，不会因怒失态。只要能自律，做到这一点并不难。

至于第二点，动怒的原因有三。第一，对所受的伤害太敏感，发怒的人无不感到自己受了伤害。多愁善感的弱者容易生气，令他们烦恼的事情委实太多，而强者根本不把这些当回事。第二，受到伤害的同时，更感到受到了蔑视。蔑视如火上加油，伤人更甚，对蔑视过于敏感者会禁不住怒火中烧。第三，名誉受损也会令人怒气冲天。治疗之法就如贡扎罗①所言："牢织名誉之网，以备周身之防。"止怒之道在于把握时机，要使自己确信，复仇的时机虽然尚未成熟，复仇的时刻已指日可待，暂且韬光养晦，以静制动。

要做到怒而不伤，须注意两点。首先，开口不可过于尖刻，尤其不要指名道姓，恶语伤人，至于笼统的骂街则无关紧要。此外，发怒时不要抖搂别人的隐私，这有伤人际关系。其次，不要因一时之怒而坏了生意往来，不管如何生气，总要留有余地，切勿做得太绝。

第三点是有关如何激怒他人，又如何平息他人的怒气。选择时机最为重要，趁其心烦意乱之时去激怒他们，并火上加油，利用一切手段去羞辱对方。反之，息怒之道有二。首先要看准时机，提出烦恼的事情要选择恰当的时机，第一印象至关重要。其次，让对方觉得你并非有意侮辱他，你对他的伤害只是出于误会、担忧、紧张等你能找到的托词。

选自《随笔集》

---

①　贡扎罗 Gonzalo Fernandez Consalvo Cordoba（1453~1511），西班牙名将。

政治篇

# 论高位

　　跻身高位如攀援曲折的楼梯，路遇派系之争，中途不妨有所依傍，位居高官后则宜中立求稳。

　　身处高位者乃三重奴仆：他们是君王或国家的奴仆，声望的奴仆，政务的奴仆。他们没有自由：没有人身的自由，没有行动的自由，没有支配时间的自由。

　　为了谋求权力而失去自由，为了凌驾他人之上却失去了支配自我的权力，真是不可思议。为了高位，身心俱累；付出辛苦，招来痛苦；为求当官的尊贵，不惜舍弃为人的尊严。

　　位高易倾，轻则官场失意，重则身败名裂。"今非昔比，生复何为？"真是可悲可叹。希望引退时退不了，该退时又不肯退。甚至到年迈体衰本当退隐之时仍不甘寂寞，就像城中的老头喜欢临街而坐，不惜被人嗤为老朽。

　　官居高位者只有通过他人的看法，才能意识到自己的幸福。若要按其真切的感受，并无任何幸福可言。想想别人是如何看自己的，别人又是如何羡慕自己的地位，这样才会感到幸福。可见，这种幸福仍基于他人的言谈，自己内心的感受也许恰恰相反。虽然这种人最后才发现自己的过错，却能最先感知自身的苦恼。官运亨通者对自我形同陌路。政务缠身使他们无暇顾及本人的身心健康。"在世天下闻名，临死仍不了解自己，岂不可悲?"

位高权重，可以为善，亦可以为恶。作恶将遭到诅咒，所以最好是不起恶念，其次是无力作恶。行善的权力，名正而言顺。行善的欲望，为上帝所嘉许，但若不付诸实行，不过如好梦一场。要做好事，也得有权有势。

人生的夙愿无非是建功立德，功德圆满则足以自慰。人若能跻身于上帝的剧场，自然也能享受上帝的安息。"上帝看着他创造的一切，看来都不错。"接着便是安息日。①

上任伊始，当以前人为最好的榜样，前规后随，顺理成章。稍后，就当确立自己的准则，严格反省，一丝不苟。也不要忽视前任的失误，这并不是为了揭人之短，以显示自己的高明，而是为了引以为戒。改革弊政，并不是为了贬低前人，而是为了兴利除弊，垂鉴方来。追溯制度的起源，探究其蜕变的原因，考古论今以求借鉴，看看什么是古代最好的，什么最适宜于现代。

行为合乎常规，为人信实可靠。不可过于自信，专断独行。若有非常之举，须能自圆其说。维护自己的权限，不要挑起司法上的争议。宁可默默无闻地享有实权，不要吵吵嚷嚷地去计较名分。让下属各守其责，无须事必躬亲，手握大权，自有尊荣。对于他人的帮助和告诫理当竭诚欢迎。要善待向你通风报信的人，切莫将他们视为多事小人而拒之门外。

----

　　① 《旧约·创世记》第1章第31节；第2章第1—2节："神看所造的一切都甚好。有晚上，有早晨，是第六日。天地万物都造齐了。到第七日歇了他的一切的工，安息了。"

位高权重有四大恶习：办事拖沓、贪污腐败、粗暴蛮横、轻信易欺。

针对拖沓，要做到平易近人，遵时守信，当务之急要尽快完成，避免其他琐事的干扰。

针对腐败，不仅要对自己和下属有所约束，不敢伸手索贿。还得让行贿者有所忌讳，不敢拱手行贿。廉洁自律仅仅约束一方，疾恶如仇的清名在外，则可震慑另一方。不仅要拒贿，还要避嫌。行为反常，诡谲多变容易引起受贿的嫌疑。因此，当你要改变主意或行动时，不妨将其中的原委开诚布公，切莫避人耳目，暗中运作。仆从和亲信，如若乏善可陈，却与上司亲昵非常，其中难免有见不得人的腐败行径。

至于粗暴，它招致不必要的怨恨。严厉令人生畏，粗暴令人生怨。即便是训斥下级，也应严肃得体，不可恶言辱骂。

至于轻信，那比受贿更糟。贿赂时有时无，轻信易欺则使你永远被人操纵。如所罗门曾言："看人的情面，乃为不好；人因一块饼枉法，也为不好。"①

古语道："地位见品位。"高位使有的人显得更加出色，也使有的人显得更为无行。塔西佗评论加尔巴道："如果他没有做过皇帝，谁都以为他将成为最能干的皇帝。"论及韦斯巴芗时又说："在所有的帝王中，惟有韦斯巴芗在成为皇帝后变得更好。"前者论其执政水平，后者则指风度情操。位高德进，方显得气度不凡。尊贵的地位理当是德行的基础。在自然界中，事物在运动时相当激烈，在达到目的后，就趋于平缓。为实现抱负奋斗时，难免情绪激昂。功成名就之后，就会心平气和。

跻身高位如攀援曲折的楼梯，路遇派系之争，中途不妨有所依傍，

---

① 《旧约·箴言》第28章第21节："看人的情面，乃为不好；人因一块饼枉法，也为不好。"

位居高官后则宜中立求稳。议论前任当公正平和，否则，一朝退位必有报应。尊重同僚，他人无意，亦不妨与之商讨切磋；他人有求，更不可拒之千里之外。与请托者私下会晤周旋，切忌矜持作态官腔十足。宁肯让人说你："在朝为官，判若两人。"

选自《随笔集》

# 论文治武功

武力鼎盛之日，往往亦是崇尚学术之时，大师哲人往往与将才雄主并世而出。

政治对学术的亵渎不一而足，有人认为，学术令人心力疲软，难以承受军旅的训练，难以确保军人的尊严。有人认为，读书过滥令人好高骛远又优柔寡断，死守教条令人一意孤行，效法伟人令人自以为是，拘泥于前例令人前后矛盾，自相抵牾。他们讨厌政治，嫌弃政府，因为学术致之性情乖戾。有人以为学术令人不事进取，贪图安逸，无法集中精力从事战争和一意经商。也有人将国人好辩刁钻的习气归咎于学术。古希腊哲人卡尔奈斯德学识渊博出口成章，深得罗马青年人的崇拜。他出使罗马，在所到之处，受到人们的追捧。罗马政治家"检察官"加图老谋深算，他及时告诫国人要尽快逐走卡尔奈斯德，免得他巧言惑众，悄然侵蚀人心，败坏民风。诗人维吉尔也难以免俗，他的诗为政权大唱赞歌，却贬低文人学士。他认为治国之道和艺术科学不可同日而语，罗马人会玩政治，希腊人好弄艺术。他在诗中写道："伟大的罗马，天下各国惟尔马首是瞻。"安尼图指控苏格拉底以其诡

辩毒害青年，致使青年人轻视本国的律法和习俗。他认为苏格拉底的
那套学说混淆是非，强词夺理，对世道人心有害无益。

　　然而这些看法似是而非，缺乏充分的依据。历史的经验表明，文
武之道往往可以并行不悖，相辅相成，无论是个人还是一个时代无不
如此。至于个人，最好的例子就是亚历山大大帝和独裁者恺撒。亚历
山大对亚里士多德的学说极有研究，恺撒的口才也不亚于演说家西塞
罗。他们堪称是学者型的军人，底比斯的伊巴密浓达和雅典的色诺芬
则算得上是军人型的学者。在遏止斯巴达的霸权方面，伊巴密浓达立
下头功，色诺芬则先声夺人，致使波斯帝国最终垮台。有文武双全之
人，也有文武相济的时代，后者比前者更易彰显于世。武力鼎盛之日，
往往亦是崇尚学术之时，大师哲人往往与将才雄主并世而出，在古埃
及、亚述、波斯、希腊和罗马，这类事例史不绝书。如同一个人，到
一定的年龄身心俱臻成熟，或者说体格的成熟略先一步。国家也是如
此，武功文治往往与时俱生，或接踵而至。

　　　　　　　　　　　　　　　　　　　　　选自《学术的进展》

人若是一心只想复仇，就会使本当消退的
伤痛难以愈合。

論
学
问
与
治
国

　　博学者或许并不擅长逢场作戏，执政者若能坚守上述美德，
何须借助所谓的政治伎俩。

　　至于说学问对治国之道和政府的有害无益，那是不太可能的事情。
人们知道将病人托付给江湖庸医会铸成大错，这种庸医不知病因，不
察病人的气色，不问风险所在，也不掌握治疗的正确方法，略懂几副
处方，便自以为无病不可医，不惜冒险施治。正如将官司托付给某些
律师也会坏事，这种人虽然打过几起官司，却没有法律学的根底。在
许多场合下，一旦遇到新的情况，他们便不知所措，从而造成被代理
者的损失。同样，治理国事如果没有学者的辅佐，而仅仅依靠几个凭
经验行事的政治家，结果往往堪忧。然而并没有事例能证明，知识渊
博的君王会导致政治动荡。政治家往往瞧不起学者，斥其为书呆子。
然而，纵观历史，有些王子年少继位，尽管很不成熟，在学者的左辅
右弼下，政绩反而超过那些成年的王子。罗马帝国初始五年的政治最
为世人称道，此时皇帝尼禄尚未成年，政令大多出自其导师——博学

的塞内加①之手。小戈丁纳②年少登基，在学者米斯图的辅佐下，在其执政的十多年中，深得国民的拥戴和颂扬。亚历山大·塞维鲁③执政之初，虽然大权由妇人掌控，不过借助国师的指导，同样能做到国泰民安。

　　此类事例所在多有，如当代的罗马主教庇护五世④和塞克斯塔五世⑤的统治。上任伊始，他们给人们的印象是书卷气十足的修士，然而这两位教皇治国有道，政绩非同凡响。有些教皇虽曾有出入宫廷权衡国是的经历，却还比不上他们。

　　博学者或许并不擅长逢场作戏，缺乏意大利人所谓的政治才干，可是庇护五世并不以此为憾。他不屑于这种政治伎俩，认为那样做有违于宗教和道德。他们饱读诗书，笃信宗教，坚信正义，品德高尚。一个人身心健康，饮食正常，就无须求助药物。执政者若能坚守上述美德，何须借助所谓的政治伎俩。有时我们会注意到，孙辈不像父辈，却酷似祖辈。所以当代的事往往更类似古代而非近代。一个人的聪明才智再高，也比不上世代累积的学问，恰如一个人再富有，也无法与全体国民的财富相匹敌。


选自 《学术的进展》

--------

①　塞内加 Seneca（公元前 5~65 年），古罗马哲学家。

②　小戈丁纳 Gordianus the younger（225~244），罗马皇帝。年仅 13 岁继皇位，不过他也受到近卫军的控制。后来在与波斯的作战中去世。

③　亚历山大·塞维鲁 Alexander Severus（公元 208~235），罗马帝国塞维鲁王朝的最后一个皇帝，222 年至 235 年在位。亚历山大·塞维鲁 13 岁时被比他大四岁的表兄确定为自己的继承人，次年他登基。他毕生主要受他母亲莫米娅（Julia Avita Mamaea）的影响。莫米娅是当时罗马帝国的真正统治者。他死后塞维鲁王朝就无嗣灭绝了。

④　庇护五世 Pius Quintus（公元 1504~1572），意大利籍教皇。原名 Antonio Ghislieri（1518 年起称 Michele Ghislieri），从 1566 年 1 月 7 日起，至 1572 年 5 月 1 日在位。在罗马天主教中，他被尊奉为圣人。庇护五世以反宗教改革以及整顿天主教会内部的秩序而闻名。

⑤　塞克斯塔五世 Sextus Quintus，意大利籍教皇，1585 至 1590 年在位。

# 论谋反和动乱

让人们抱有希望比满足他们的实际要求更为容易，因为无论是个人还是宗派都容易自我陶醉，即使他们不那么相信，但侥幸之心终究难泯。

牧民者须知政治风险的来龙去脉，形势趋于临界点之际，往往正是风暴最烈之时。正如在春分秋分时，自然界的变化最为剧烈。旋风潜行，暗波涌动，正是山雨欲来的征兆，政治风波亦复如此。

> 老天发出警示，
> 阴谋正在酝酿，
> 叛乱即将爆发。

诽谤蜂起，谣言纷纷，人心浮动，此乃动乱的先兆。维吉尔①在

---

① 维吉尔 Publius Vergilius Maro（公元前 70～前 19 年），古罗马诗人。写有《牧歌》《农事诗》和《埃涅阿斯纪》等。

给谣言女神排家谱时，称她是巨人的小妹。

　　　地母因怨恨众神而生下她，

　　　这巨人族人中的小妹。

　　谣言似乎像过去叛乱的遗迹，但它绝对是将来叛乱的前兆。维吉尔所言甚当，谋反的行为与谋反的谣言大同小异，犹如兄妹，阴阳相配。国家一些良好的措施本当为人称道，深得人心，却受到谣言的曲解中伤，这就表明有人对当局极为不满。塔西佗曾言：“当局一旦不得人心，政策无论优劣，都免不了遭到非议。”由于谣言是动乱的征兆，所以往往就把追查谣言，防人之口作为遏制动乱的良方妙药，其实这并非上策。对谣言置之不理，要比竭力遏制更为高明。越是东忙西乱到处辟谣，谣言反而不胫而走越传越广。

　　塔西佗曾写道：“他们虽然服从，但对长官的指示却是乐于评判，懒于执行。”这种服从值得怀疑。对上司的指令吹毛求疵，说三道四，表明他们欲摆脱上级的驾驭。如果在讨论时赞成者出言嗫嚅，反对者放言无忌，情况就更是如此了。

　　马基雅维里说得好，君王为民父母，本当不偏不倚，倘若卷入党争，就会如船只因载重不均而倾覆。法兰西国王亨利三世就是个例子。他先加入神圣联盟①，企图根除新教。但曾几何时，神圣联盟又转而反对亨利三世。君主的威权一旦成为某种势力的附庸，而这种势力的号召力胜过国家主权时，君王的垮台也就指日可待了。

　　同样，派系之争喧嚣猖獗，正是国家尊严丧失殆尽的凶兆。政府官员的行动应当如众星拱月，按照古老的说法，最强大的力带动各个

――――――――――――

　　①　神圣联盟 Holy League：16世纪晚期法国宗教战争期间的天主教团体，旨在反对国王亨利三世对新教（胡格诺派）所做的让步。

星体快速运转，星体的自转则相对舒缓。当某个大家伙脱离常规自转超速，整个运行系统就会乱套。就如塔西佗所谓的："其自由有违臣道。"尊严是上帝赐予君王的腰带，上帝要剥夺帝王的尊严就会警告："我也要放松列王的腰带。"[1]

宗教、法律、议会、财政为政府的四大支柱，其中任何一根支柱发生动摇，人们就该祈求老天保佑了，暂且不谈这种种征兆，先讨论一下谋反的因素，次论其动机，再论防治的方法。

对于谋反的因素须加以深思。只要时间充分，釜底抽薪堪称防止谋反最可靠的方法。如果已备足燃料，就难以逆料星星之火何时会点燃熊熊烈焰。谋反的因素有二：一为贫穷，二为民怨。有多少人家道沦落，无疑便有多少人举手赞成叛乱。卢卡[2]精彩地描述了罗马内战爆发前的情况：

> 从此高利贷肆行无忌，
>
> 唯利是图，信用扫地，
>
> 多少人指望靠战争来捞一把。

"多少人指望靠战争来捞一把。"这话明白无误地表明国难将临，叛乱已势所难免。肚子造反，后果最惨。如果上层的破产和下层的赤贫同时发生，那就更是危在旦夕。民怨之于政体，犹如气血之于人体，郁积不畅，必然遭殃。君王切不可以民怨是否合情合理来衡量危险的大小，把民众想象得那么理智，老百姓冲动起来会将利害得失置之脑后。也不要以痛苦的程度衡量危险与否，因为如果恐惧压倒了一切感

---

① 《旧约·以赛亚书》第 45 章第 1 节："我也要放松列王的腰带，使城门在他面前敞开，不得关闭。"

② 卢卡 Luca（39~65），罗马诗人，著有拉丁史诗《内战记》。

觉，此时的民怨最为可怕。"痛苦毕竟有个限度，而恐惧则是无底的。"强大的压力既令人难以忍受，也令人为之胆怯，恐惧则不然。民怨常有，有时也没引起多少严重的后果，但君王绝不可因此而掉以轻心。一股水汽，一阵轻风，未必会形成倾盆大雨，刮风下雨也是寻常事，但乌云笼罩愈久，暴风雨来势愈猛。西班牙的谚语说得好："绷紧的绳索一碰就断。"

叛乱的原因不一而足：改革宗教、变更税制和法律、破除传统习俗、剥夺特权阶层、压迫人民大众、提拔平庸、外商得势、粮食匮乏、遣散士兵、党争激烈，以及任何激起民怨并驱使不满的人们联手造反的举动。

至于如何防治叛乱，我们将谈一些常规的方法，特殊的救治之道在于对症下药，没有一定之规，可通过协商解决。

防治之道首先在于尽其所能消除一切上述导致叛乱的因素，也就是国内的贫穷。要达到这个目的就得促进贸易开放，保持贸易平衡，扶植工业，反对游手好闲，颁布节俭令以杜绝奢侈浪费，改良土地发展农业，规范物价，轻徭薄赋，诸如此类不一而足。国内人口不宜过多（尤其是在没有因战争而导致人口减少的情况下），以免国家经济不堪重负，对此要有所预见。也不能仅看人口的数量，有的国家人口并不多，但消费大于产出；有的国家人口虽多，但消费甚低。前者比后者更易耗尽国力。贵族官吏过多，教士学者过滥，其人数与供养他们的平民比例失调，就会使国家的财政吃紧。

国家财富的增长可以取之国外（即所谓有所失也有所得）。一国可供出口的东西有三：天然的物产、工业品以及运输服务。这三个轮子滚滚向前，财富就会如春潮涌来。事实一再证明"勤劳胜过物产"。生产和运输创造的价值超过自然物产，能为国家增加更多的财富。荷兰人就是最好的证明，他们拥有世界上最富有的"地上矿藏"。

好的政策要加以贯彻落实，这才是最要紧的。切勿让国家的财富为少数人占有。否则尽管国家物产丰富，人们还是免不了受饥挨饿。钱财犹如肥料，只有广施于众才能奏效。要做到这一点，就得禁止或至少要控制那些投机暴利兼并牧场之类的勾当。

要消除不满，防止危险。一国的臣民可分为两部分：贵族和贫民。其中一部分心怀不满，危险尚不算很大。若无上层人士的煽动，平民百姓一般总是麻木不仁的。而若无大众的响应，上层人士的力量也是有限的。下层蠢蠢欲动，而上层人士又准备站出来振臂一呼，这才是最危险的。诗人们写道，朱庇特①得知诸神图谋缚住他，便听从帕拉斯②的计策，召来百臂巨人相助，挫败了诸神。这个寓言表明，君王若能得到大众的拥戴，就能确保国家安然无恙。给民众适度的自由，使他们的痛苦和怨恨得以发泄，不失为安国之道（只要这种发泄不至于太过分）。气血不畅，或阻止伤口的脓血外流，只能导致更严重的溃疡和致命的恶疮。

在有关怨愤的事例中，埃庇米修斯③的手段委实不亚于普罗米修斯，舍此没有更好的疗法。当苦难和灾祸飞出潘多拉的盒子后，埃庇米修斯终于合上盖子，将"希望"留在了盒子里。施展巧妙的手段酿造希望，让人们一直有所希冀，这显然是治疗怨愤的一帖良药。在无法满足人们的要求时，就让他们抱有希望。只要人们尚有所希冀，怨愤就不会那么肆无忌惮。让人们抱有希望比满足他们的实际要求更为容易，因为无论是个人还是宗派都容易自我陶醉，即使他们不那么相信，但侥幸之心终究难泯，这就是政府手段的高明之处。

对那些可能成为不满之徒众望所归的领袖人物，须加以提防。这

---

① 朱庇特 Jupiter，古罗马的主神，相当于希腊神话中的宙斯。

② 帕拉斯 Pallas Athena，希腊神话中的智慧女神。

③ 埃庇米修斯 Epimetheus，普罗米修斯之弟。

一点众所周知，但仍不失为预防叛乱的良策。堪为领袖者大凡有魄力，有声望，为不满之徒所拥戴，而且他本人也心怀不满。对这种人，要么尽快拉拢，将他们争取到政府一边，要么让他在内部树敌，与之相争，使其声望下降。总之，要分化瓦解任何反政府的党派和集团，让他们互不信任。如若政府自身产生内讧和党争，而反政府一方则同心协力，那就危在旦夕了。

我曾注意到，君王快口利舌也会引起叛乱。恺撒曾言："苏拉①没文化，不会搞独裁。"结果付出沉重的代价。本来人们希望恺撒迟早会放弃独裁，此言一出，使人们为之绝望。加尔巴说："我征募士兵，而不收买士兵。"使原本指望得到赏赐的部下大失所望，导致了自己的垮台。普罗布斯②说："只要我活着，罗马帝国何需士兵。"此言使他大失军心，以至身死兵变。诸如此类，不胜枚举。可见，身处多事之秋，面对敏感之事，为君者尤当出言谨慎。片言只语，脱口而出，恰如飞箭离弦，最易暴露内心的意图。那些乏味的长篇大论反而不会引人注目。

最后，为防不测，君王身边不可没有几个心腹悍将，叛乱甫起，便可镇压。否则一旦发生变故，朝中难免惊惶失措。君国之危恰如塔西佗所言："敢于挑头造反的虽然不多，惟恐天下不乱的人却委实不少，顺从叛乱的更比比皆是。幸灾乐祸乃人之本性。"不过，这样的悍将必须忠诚可靠，并能与朝中重臣配合，而非结党营私，沽名钓誉之徒。否则，药之为害将甚于疾病本身。

选自《随笔集》

---

①　苏拉 Lucius Cornelius Sulla（公元前 138～前 78 年），古罗马统帅，独裁者。

②　普罗布斯 Probus（? ～282），罗马皇帝。

# 论贵族

贵族强悍有力，增加了君主的尊严，但也削弱了君王的权力。它使人民的生活更为充实，富有活力，但也增加了他们的经济负担。

谈到贵族，我们首先将其视为社会组织中的一个阶级，然后再论及其个人的特性。

没有贵族的君主国是一个彻底的专制国家，土耳其就是这样的国家。贵族的存在能制约君权，将民众的注意力或多或少地引离皇室。

民主政体无须贵族，与存在世家贵族的国家相比，民主国家一般更为太平，不会轻易发生动乱。在民主国家，人们注重的是公共事务，而不是人事关系。就算注意到个人，也是为了公务。重视的是才识而不是门第。我们看到，瑞典尽管教派林立，州郡错综复杂，但国运久安。维系稳定的是共同的利益，而非对王公贵族的仰慕。荷兰合众国政府治理得当，政治开明，各方人士共商国是，人民交捐纳税心甘情愿。

贵族强悍有力，增加了君主的尊严，但也削弱了君王的权力。它使人民的生活更为充实，富有活力，但也增加了他们的经济负担。最好不要让贵族凌驾于君权国法之上，但须保持其适当的尊贵。当贫民造反时，贵族便能打头阵，挫其锐气，以免直犯帝王之尊。贵族过多必劳民伤财，国无宁日。而且，时移世易，往日的豪门已今不如昔，头衔依旧，财力不济，名不符实，成何体统。

说到名门望族，就如看到一座古风犹存的城堡或老宅、一棵枝繁叶茂的大树，仰慕之情，油然而生。看到一个几经风霜的世族，人们的敬仰更是有增无减。新贵凭借权力的烘托，世族则经受过时间的洗礼。要足登高位，难免善恶兼施，所以第一代贵族往往精干有余而德行欠佳。在后代的记忆中却只有先辈的功业，其污点则已与身俱逝。

世家子弟大凡生性懒散，而生性懒散者却往往看不惯他人的勤勉。身居高位的贵族已不易上升，眼见他人晋升，难免妒从中来。此外，他们的尊贵与生俱来，名正言顺，不会招致无端的忌妒。君王若能在贵族中擢用能臣干将，就会感到得心应手，因为贵族好像生来就善于发号施令，人民也自然而然地俯首听命，内政外交也就更为顺畅了。

选自《随笔集》

君王犹如天上的星宿，能带来幸福，也能招来灾祸；受到无上的崇敬，却永无安息之时。

所欲甚少而所畏甚多，这真是一种可悲的心境，为君者大凡如此。身为至尊，所欲者寥寥，难免萎靡消沉。时时担心不测之祸，必然终日心神不宁。这就是《圣经》所谓的"君王之心深不可测。"① 心怀猜忌，疑虑重重，又没有压倒一切的欲求，在这种状态下，任何人都会变得精神恍惚，不可捉摸。因此，为了激发自己的欲望，有些君王就专心于琐事。时而关注一座建筑，时而组织一个宗教团体，时而提拔某人，时而钻研某种技艺。如尼禄②擅长竖琴；图密善③精于射箭；

---

① 《旧约·箴言》第 25 章第 3 节："天之高，地之厚，君王之心也测不透。"

② 尼禄 Nero Claudius Caesar（37~68），罗马皇帝。以暴虐出名，自诩多才，喜登台献艺。

③ 图密善 Domitian（51~96），罗马皇帝。韦斯巴芗次子，性情暴戾，好大喜功，后死于宫廷政变。

康茂德斯①善于击剑；卡拉卡拉②喜欢驾车等等。有人感到难以理解，
那是因为他们不懂这个道理："在小事上有所进取也能令人兴奋，这
毕竟比在大事上无所作为要强。"我们看到，有些帝王早年福星高照，
所向无敌，晚年却求神弄鬼，郁郁寡欢。因为不可能永远一帆风顺，
难免会遭受挫折。如亚历山大大帝③、戴克里先④以及众所周知的查理
五世⑤和其他帝王。曾经所向披靡的英雄豪杰，一朝受挫沦落，就不
复当年之勇了。

　　刚柔一体，张弛有道，乃王者风范。有此禀赋者如凤毛麟角，要
保持这种气质更非易事。气度中和与气度失调是对立的产物，将对立
的事物融合和交替并不是一回事。阿波罗尼奥斯⑥对韦斯巴芗的回答
颇有教益。韦斯巴芗问他："尼禄垮台的原因何在？"他答道："尼禄
擅长调琴弄瑟，但在治理国家时，他有时把弦绷得太紧，有时又把弦
放得太松。"确实如此，时而重压，时而放任，宽严失度，张弛失衡，
有损帝王威权的无过于此。

　　近代的帝王术大多注重如何化解当前的危机，而不重视治本安邦
的长远之策，这不过是希图侥幸。须知，关键在于防患于未然，因为
没人能阻止火花，更难逆料祸起何方。君王从政困难重重，但最大的
困难却在他们的心中。君王的意志自相冲突不足为怪，正如塔西佗所

---

① 康茂德斯 Commodus（161～192），罗马皇帝。他的暴虐统治加速了内战
的爆发，从而结束了帝国长达 84 年的稳定和繁荣。

② 卡拉卡拉 Caracalla（188～217），罗马皇帝。罗马历史上最嗜血成性的暴
君之一。他的统治加速了罗马帝国的衰亡。

③ 亚历山大大帝 Alexander the Great（公元前 356～前 323 年），马其顿国王。
亚历山大帝国的创立者。

④ 戴克里先 Gaius Aurelius Valerius Diocletianus（约 243～316），罗马皇帝。
在位期间改变行政区划，将帝国分为四部分。

⑤ 查理五世 Charles V（1500～1558），西班牙国王、神圣罗马帝国皇帝。

⑥ 阿波罗尼奥斯 Apollonius of Tyana（活动时期为公元 1 世纪），希腊学者。

言：“君王的欲望十分强烈，却又常常自相矛盾。”因为王权的不当之处就在于急于求成，却又不堪忍受艰辛的过程。

邻国、后妃、子女、僧侣、大小贵族、士绅、商人、平民、士兵，帝王必须和各种人打交道，稍不留神，都可能反目为仇。

先论邻国。因形势多变，与邻国交往别无通则可言，惟有一条颠扑不破的原理，那就是时刻警惕，谨防邻国通过领土扩张、商业和外交手段变得强大，以致构成威胁。政府中须有常设机构以预防并阻止这种情况的发生。英王亨利八世①、法王法兰西斯一世②和查理五世三王称雄之时，就是这般相互制约的。任何一方别想侵占方寸之地，否则另外两方将立刻联合起来加以阻止，甚至大动干戈，绝不以区区小利而与之妥协。类似的还有那不勒斯国王斐迪南③、佛罗伦萨君主洛仑佐·美第奇④和米兰大公洛德维科·斯福尔扎⑤组成的联盟（圭昔亚底尼⑥认为盟约保证了意大利的安全）。有些经院派学者认为，没受侵犯，不可贸然开战。此言差矣，即使对方尚未动手，但已经对我构成威胁，这无疑是我方开战的正当理由。

后妃中阴谋残杀的事例所在多有。利维娅因毒死亲夫而恶名昭彰。

---

① 亨利八世 Henry VIII（1491～1547），英国国王。在位期间进行宗教改革，以加强王权。

② 法兰西斯一世 Francios I（1494～1547），法国瓦罗亚王朝国王。在位期间注重加强君主专制，与神圣罗马帝国屡起战端。

③ 斐迪南 Ferdinand（1423～1494），意大利那不勒斯国王。

④ 洛仑佐·美第奇 Medici, Piero di Lorenzo de'（1472～1503），佛罗伦萨统治者。在位期间佛罗伦萨的艺术十分繁荣，美第奇家族的统治一直延续到18世纪。

⑤ 洛德维科·斯福尔扎 Ludovico Sforza（1452～1508），米兰大公，文艺复兴时期最杰出的王公之一。他极力庇护艺术家和科学家，使米兰宫廷成为欧洲最光辉灿烂的场所。

⑥ 圭昔亚底尼 Francesco Guicciardini（1483～1540），意大利文艺复兴时期历史学家，著有《意大利史》。

苏莱曼①王后罗克撒娜曾害死颇有名望的太子穆斯塔发，从而干扰了王室正常的继嗣。英王爱德华二世②的王后是颠覆和谋杀她丈夫的元凶。后妃欲扶正嫡子或有外遇之际，便是弑君阴谋蠢蠢欲动之时。

　　王室子女的悲剧也不胜枚举。通常而言，父亲猜忌儿子总会带来不幸。穆斯塔发之死对苏莱曼王室打击极大，时至今日，人们仍怀疑其王室后嗣血统不纯，并非嫡出，塞利姆二世③有私生子之嫌。君士坦丁大帝④杀死了年轻有为的王子克里斯普斯⑤，对王室造成了致命的打击。君士坦丁的另外两个儿子康斯坦尼斯和康斯坦斯均死于非命，另一个儿子康斯坦修斯在尤里安起兵造反后因病夭折。马其顿国王菲力普二世⑥整死了王子德米特里，结果受到报应，悔恨而死。类似的事例不胜枚举。父王猜忌王子的往往不得善终，除非王子举兵反叛，如苏莱曼一世镇压其子巴扎特，英王亨利二世⑦讨伐三个逆子。

　　高级僧侣的傲慢强大也会带来危险。如坎特伯雷大主教安塞姆⑧

---

① 苏莱曼 Suleyman I（1495～1566），奥斯曼帝国苏丹，奥斯曼帝国在其统治时期达到极盛。

② 爱德华二世 Edward II（1284～1327），英国国王。1308 年娶法国的伊莎贝拉为王后。伊莎贝拉与法国的莫蒂默伯爵勾结，举兵废黜英王。

③ 塞利姆二世 Selimus II（1524～1574），奥斯曼帝国苏丹，苏莱曼一世之子。

④ 君士坦丁大帝 Constantinus the Great（约 280～337），罗马皇帝。330 年迁都拜占庭，将该地命名为君士坦丁堡。在位期间为罗马帝国后期相对稳定的时期。

⑤ 克里斯普斯 Crispus，君士坦丁大帝与前妻所生之子，因后母诬告，被父王赐死。

⑥ 西文注释家根据李维《罗马史》考证，认为应为菲力普五世，培根原文有误。

⑦ 亨利二世 Henry II（1133～1189），英国国王。金雀花王朝的奠基者。

⑧ 安塞姆 Anselm of Canterbury（1033～1109），经院哲学学派的建立者，神学家。

和托马斯·贝克特①就曾以教主的权杖与君王的刀剑相抗衡。而他们的对手恰恰是心高气傲的君王威廉·罗福斯②、亨利一世③和亨利二世。威胁并非来自教会本身，而是来自他们倚仗的外国势力。来自民选而不是由君王指定的主教也不利于统治。

君王对贵族不妨保持一定的距离，抑制贵族虽能强化王权，却也可能引起不安，反而达不到君王的目的。我在《英王亨利七世》④中曾提到这点，亨利力图抑制贵族势力，但在他执政时期国家动荡不安，贵族虽然没有公然造反，却暗中作梗，致使亨利事必躬亲，疲于奔命。

小贵族是个松散的团体，威胁不大。他们有时会唱唱高调，但无足轻重，而且他们可以制约高级僧侣的权势。此外，他们比较接近下层百姓，可以缓冲民愤。

商人犹如国家的主动脉，商业不发达，国家就像四肢健全，血管空空，营养不足的病人。对商人课以重税未必能给君王增加多少收益，反而会因小失大，特种税率增加了，整个商业却大伤元气。

只要没有精干的领袖登高一呼，只要不对他们的宗教习俗生活方式横加干涉，平民不会构成多大的威胁。

至于军人，如果他们结成一伙，经常索取赏赐，那就很危险了。如土耳其的禁军和古罗马的近卫军。分而治之，将官调防，杜绝他们的邀功请赏的贪欲，这才是有效的治军安邦之道。

---

① 托马斯·贝克特 Thomas Becket（1118～1170），12世纪中叶，英国国王亨利二世的枢密大臣，后任坎特伯雷大主教，因反对亨利被谋害。

② 威廉·罗福斯 William Rufus（约1056～1100），英国国王。绰号红脸威廉。

③ 亨利一世 Henry I（1069～1135），英国国王。

④《英王亨利七世》：培根所撰亨利七世在位时期英国史。亨利七世 Henry VII（1491～1547），英国国王。都铎王朝的创立者。在位期间奖励工商业，减低税收，保护对外贸易，加强王权。

　　君王犹如天上的星宿，能带来幸福，也能招来灾祸；受到无上的崇敬，却永无安息之时。有关帝王的箴言，无不包含在这两句话中："记住你是个凡人。""记住你是神或神的化身。"前者约束其权力，后者抑制其欲望。

选自《随笔集》

# 论忠告

人际最大信任无过于忠言相告。

　　人际最大信任无过于忠言相告。其他的相托毕竟是有限的，如田地、财产、子女、债务等个别事务。对于言臣谋士，人们可是将一切都托付给了他们，身为言臣自然也该忠心耿耿。明智的君王并不以为倚仗言臣有损自己的伟大，因为连上帝也这样，上帝将他的圣子称为"策士"。① 所罗门曾言："忠告带来平安。"② 凡事须先商讨，事先若不经过言论的颠簸，就必然遭到命运的颠簸。办事没有章法，就像醉汉走路，东倒西歪。所罗门认识到忠告的必要性，他的儿子则发现了议论的力量。这个上帝钟爱的王国，当年就是因为不信忠告而走向分裂和崩溃。欲识进言之妄，可辨两大特征：就人而言，不可轻信毛头小子轻率之言。对事而言，不可听从狂热分子激进之论。

---

　　① 《旧约·以赛亚书》第9章第6节："因有一婴孩为我们而生，有一子赐给我们，政权必担在他的肩头上。他名称为奇妙、策士、全能的神、永在的父、和平的君。"
　　② 《旧约·箴言》第20章第18节："计谋都凭筹算立定；打仗要凭智谋。"

# 培　　根

## 散 文 精 选

为君治国与纳谏从劝不可或分，君王要善于运用智慧巧取进言，对此古人早就作过形象的说明。朱庇特娶象征忠告的美娣丝①为妻，表明君权须有忠告相伴。婚后，美娣丝怀孕了，但朱庇特在她分娩之前竟将她吞入腹中，结果他自己怀了孕，并从头顶上生出个身披胄甲的帕拉斯。这个荒诞的寓言蕴含着帝国的秘密，它揭示了君王是如何利用言论的。首先，君王应将国事托付给朝议，就如受孕怀胎。等到此事在议会的子宫中萌芽、发育、成型、行将出生之时，就不让他人参与决策，以免显得非要依靠别人似的。收回决策权，以便表示政令皆由己出（这些决策郑重其事，犹如全身披挂的帕拉斯），而且不仅出自君王的权威，也是出自君王的谋略，从而提高自己的声望。

现在让我们来谈一下朝议的弊端和补救之道。求谏纳言有三大不便：一为政事公之于朝，不利于保密。二为有损君威，好像君王没有主见。三为谗言易乘虚而入，有人利用献计献策来谋取私利。有鉴于此，有的君王便采用意大利的学说和法兰西的做法，创设了所谓的秘密内阁。但这种疗法比疾病本身更糟。

至于保密，君王未必要把一切都告知全体大臣，应有所选择。咨询了某事，也不一定要全部照办。君王不可自己泄密。至于秘密内阁，一言以蔽之，"漏洞百出"。纵然有多少人守口如瓶，也弥补不了一个多嘴小人造成的危害。有些绝密的事，除了君王，只让一两个人知道就行了，这样才有利于保密，也不会受到外界过多的干扰，从而有利于形成共识。不过，君王必须精明果敢，他的亲信必须足智多谋，为主效忠不遗余力。如英王亨利七世在重大政事上仅向莫顿和福克斯②征询，从不让他人过问。

---

① 美娣丝 Metis，希腊神话中的女神，象征"忠言"。

② 莫顿 John Morton（1420~1500），英格兰坎特伯雷大主教和枢机主教。亨利七世在位时，他成为最受信任的顾问之一。福克斯 Richard Fox（约 1448~1528），英格兰政治家、亨利七世的首席大臣、牛津大学基督圣体学院创立者。

前面的寓言已经说明了如何防范君权被削弱。与大臣共商国是对君王的尊严有增无减，也不会因此而失去臣下的忠诚，除非某个言官威高震主，或有些奸臣结帮营私，但这不难察觉并加以阻止。

　　最后的弊端就是进言者怀有私心。"他在地上遇不到有忠信的。"①此言泛指某个时代，而非某个特定的个人。有些人天性忠厚坦诚，不事狡诈。君王应当将这种人罗致到身边。何况，言官通常相互戒备，不易抱团，所以若有人结党营私，消息很快就会传到君王的耳中。如同言官了解君王，君王要了解言官的底细，这才是防范的上策。

　　"为君贵在知人。"

　　另一方面，言官也不应该一味揣摩君王的好恶。称职的言官首先要通晓君王的事务，而不在于熟悉君王的脾气，这样才不会在献计献策时刻意逢迎。

　　若既能在私下分别倾听言官的意见，又能当众听取大家的建议，那将获益匪浅。私下的意见不受拘束，当众的建议更为谨慎。在私下里，人们更勇于直抒己见，在公开场合则容易随声附和。对这两种建议兼收并蓄是为上策。对地位较低的人，最好在私下听取他们的建议，可使他们放言无忌。对于地位较高的人，可以在公众场合，以便使他们出言慎重。君王若仅仅是因事求言，而不同时因人求言，也是徒劳无益的。事情的生机在于选择任事之人是否得当。就人事咨询意见时，不可根据地位来判断人品的高下，那样做就像硬套概念，死做习题。成败与否和见识高低就看如何择人而用。古人道："死人说话最公正。"言臣会胆怯嗫嚅，书本则直言不讳。可见要熟读书籍，特别是那些描写亲身经历的书。

　　当今大多议事会流于形式，对国事泛泛而谈者多，深入探讨者少，

---

　　① 《新约·路加福音》第18章第8节："我告诉你们，要快快地给他们申冤了。然而人子来的时候，遇得见世上有信德吗？"

然后便匆匆忙忙地由议会颁布法令。对重大的事情最好先提出来以供思考，第二天才讨论。所谓"长夜出良策"。在英格兰和苏格兰合并这件事上，议会就采取这种方法，那是个认真负责，井然有序的参议机构。我建议确定请愿接待日，这样既可让上诉人对何时出庭心中有底，又能使有关机构及时处理当务之急。议会的成员宜选择立场不偏不倚的人，这比任用对立的两派，然后加以调和要好。对于贸易、财政、军事、诉讼以及其他特殊事务，我主张设立常务委员会。如果像西班牙那样，有许多不同的议事机构，再加上一个国家级的议事机构，那与常务委员会也是大同小异，只不过权力略大而已。要让律师、海员、铸币匠等从事特殊行业的先向各个委员会申诉，然后再酌情处理。不要让他们成群结队蜂拥而来，那不是在申诉，而是咆哮公堂。

用长桌还是方桌，椅子是否靠墙，这种摆设看似形式，却有实际作用。少数人在长桌的上座就能轻易左右议程。如取其他形式，在下座的人的意见就容易被采纳。主持会议的君王要出言审慎，不可轻易泄露自己的真实意图。否则，那些善于察言观色的言官就会曲意逢迎，大唱赞歌。

选自《随笔集》

# 论革新

革新是为了适应现实的变化，而不是为了迎合标新立异的欲望。

一切动物初生之时均不完美，一切革新初创之际均难完善，它是时间的产物。尽管如此，后代往往比不上创业的前辈，最初的创意亦非后来的模仿所能企及。

就人的本性而言，恶，似乎是一种自然的动力，越到后来越强。善，则是一种被动的力量，开始时最为强劲。当然，每一种药都是一种创新。拒服新药者，难免有得新病之虞。时间是最伟大的革新者，如果事物随时间恶化，智慧也无法改变它的颓势，其后果又将如何？

确实，传统习俗虽然未必完美，却已为人们所适应。旧事物长期沿袭，似乎已融为一体。新事物尽管实惠，却与旧传统难以融合，未免带来麻烦。新事物犹如远方来客，受人恭维，却难以使人亲近。假设时间停滞不前，这样说也不无道理。但时间永不停息，同革新一样，因循守旧也会引起动乱，食古不化者往往为新时代所嘲弄。革新者最好效法时间，时间能改变一切，但它悄然而行，不易察觉。不然，人

们便会对新事物看不顺眼。要革新，必有所损益。得益者有幸，归功
于时间。受损者生怨，归咎于改革。

　　除非迫不得已或功效明显，不可轻易在国家中试行改革。须知革
新是为了适应现实的变化，而不是为了迎合标新立异的欲望。对新奇
的事物虽然不必排斥，但也不妨加以质疑。正如《圣经》所言："立
足古道，环顾四周，看准正道，便可上路。"①

选自《随笔集》

---

　　① 《旧约·耶利米书》第6章第16节："耶和华如此说：'你们当站在路上
察看，访问古道，哪是善道，便行在其间。这样，你们心里必得安息。'"

# 论强国之道

　　帝国欲称雄天下，则国民须将军事视为其首要的荣誉、学问和事业。

　　曾经有人欲邀请雅典人地米斯托克利弹琴。他说他不会玩琴，但能够将一个小市镇扩张成一个大城邦。此人自视甚高，出言不逊，可是这话如是泛指他人，倒也不失为严肃机智之论。

　　略加引喻，可见此言表述了治国从政的两种截然不同的能力。纵观从政之人，不会玩琴，却能使小邦变大国者屈指可数。擅长玩琴，却无力使小邦成大国，甚至误国祸国者比比皆是。这些个官僚政客对上邀宠，对下媚俗，称其为"玩琴"倒也恰如其分。玩琴者的小技可以取悦于一时，只是使自己大出风头，对国家的幸福和进步毫无裨益可言。

　　还有一些大臣也算得上能干，能够处理国事，能使国家摆脱困境免于祸患。但这与能使国家富强国运昌盛的才干相比，差别何止千里。先不谈从政之人，且论政务本身，王国的真正的伟大之处和治国之道就体现在此。雄才大略之主切不可忽略这点，这样他们既不会过高估计自己的力量，从而好大喜功滥用国力；也不会自贬身价，以至屈从于那些胆怯畏惧的建议。

通过测量，可知领土面积；通过计算，可知财政收入；通过户籍，可知人口数字；通过地图，可知城镇的多少。但要正确评估国力的强弱，没有比这更容易出错的了。基督不把天国比作硕大的核仁和坚果，却把它喻为一粒芥子①。芥子极为细小，却具有迅速发芽成长的特质和灵性。同样，有的国家尽管疆域辽阔，却不能扩张称霸。有的国家虽然领土狭小，犹如细枝，却不失为强大君国的基石。

如果人民没有勇敢好战的素质，那么，森严的壁垒，充足的军火，品种优良的战马，战车，大象，枪炮，诸如此类不过是披着狮皮的羊。如果士气低落，兵卒再多也形同虚设。正如维吉尔所言："羊再多，狼也不在乎。"在阿比拉平原之战中，面对浩浩荡荡的波斯军队，亚历山大的部将未免心中发怵，他们建议在夜间进攻。但亚历山大说："我可不愿靠偷袭取胜。"结果轻而易举地击溃了波斯军。亚美尼亚国王提格兰②拥兵40万，驻守在一座山头。他发现向他进攻的罗马军团仅有14000人，不禁窃喜道："这些人作为使节未免太多，若来交战则人数太少。"可太阳还没下山，他已被罗马人追杀得溃不成军。士气高低与人数多寡不成正比，此类事例不胜枚举。可见，国家要想强大，关键要有骁勇善战之民。

"金钱是战争的肌肉。"如果民气卑弱，百姓两臂无力，这句陈词

---

① 《新约·马太福音》第13章第31—32节："天国好像一粒芥菜种，有人拿去种在田里。这原是百种里最小的，等到长起来，却比各样的菜都大，且成了树，天上的飞鸟来宿在它的枝上。"

② 提格兰 Tigranes II the Great（约公元前140~前55年），亚美尼亚国王。在位期间，国势极为昌隆。

滥调也毫无效用可言。克罗伊斯①拿着金子向梭伦②大摆阔气，梭伦答得好："陛下，如果任何人手中的铁器比你手中的铁器更厉害，这些金子全将归他所有。"除非拥有骁勇善战之旅，任何君王和国家都不可高估自己的军事实力。另一方面，除非缺乏自知之明，拥有军队的君主须正确认识自己的力量。至于雇佣军，所有的先例都表明，政府和君王若倚仗雇佣军，虽能如鹰展翅，得逞于一时，终将被囚于鹰笼，褪尽毛羽。

关于犹大和以萨迦的预言③永远不会相合，负重的驴子难以成为好斗的幼狮，赋役深重的百姓难以成为骁勇尚武的国民。当然，经国民同意的税赋影响较小，如荷兰的国税。英国的特税在某种程度上也是如此。须知，我现在所指的是民气，而非钱包。无论是经国民同意或由政府强征，同样的赋税，对钱包的作用是一样的，对民气的影响却大不相同。由此可以断言，横征暴敛不利于帝国的强盛。

国欲强大，不可让绅士贵族繁衍过快。这会使平民变为农奴，从而意志消沉，实际上沦为绅士阶级的仆役。树苗种植过密，萌生林中，难有齐整的下层丛林，仅剩杂木乱枝。一个国家的绅士贵族过多，百姓就越卑贱。上百个人中找不到一个配戴军盔的脑袋，尤其是乏人堪当军队之魂的步兵。结果便是人口多而国力弱。比较一下英法两国就能证明我的论点。在领土和人口方面，英国虽然都远不如法国，却一

---

① 克罗伊斯 Croesus（？～约公元前 546 年），吕底亚末代国王，以财富甚多闻名。

② 梭伦 Solon（约公元前 638~前 559 年），古希腊雅典执政官、改革家和诗人。希腊"七贤"之一。

③ 《旧约·创世记》第 49 章第 9 节："犹大是个小狮子。我的儿啊，你抓了食便上去；你屈下身去，卧如公狮，蹲如母狮，谁敢惹你？"第 14—15 节："以萨迦是个强壮的驴，卧在羊圈之中；他以安静为佳，以肥地为美，便低肩背重，成为服苦的仆人。"

直是法国的克星。这是因为英国来自中产阶级的士兵素质良好，这是
出身农奴的法国士兵所难以企及的。英国亨利七世的措施可谓深谋远
虑令人叹服（详见拙著《英王亨利七世》）。他为农场村舍制定规模
标准，使臣民衣食不愁，耕者有其田。从而真正达到维吉尔所描绘的
古代意大利的那种境界：

> 土地肥沃，国富民强。

　　还有一种国家不容忽略，那里贵族和绅士的仆从都是自由人，其
战斗力不亚于农家子弟（那种状况除波兰外，惟英国所独有）。富丽
豪华的气派、前呼后拥的随从、热情好客的态度，贵族缙绅豪气所至，
蔚成风俗，人民也自然好勇尚武。反之，贵族绅士若生活于封闭的状
态，国家的军事力量也必然不振。

　　树干粗壮才撑得起繁枝茂叶，指的是尼布甲尼撒梦见的君国之
树①。国王和政府须有足够的力量才能驾驭其强悍的臣民。广开国门，
善于归化异族的国家方有望成为大帝国。小国寡民纵然可以凭借其胆
略征服广大的疆域，但难以做到长治久安。斯巴达人堪称一流，当其
统治一方之时，国家固若金汤。一旦向外扩张，形成枝强干弱的格局，
它便如风吹果落顷刻灭亡了。

　　罗马人最善于归化异族，对归化的异族处置得宜，因而能成为一
大帝国。罗马人让异族入籍，并让其充分享受公民的权利。不仅授予
他们通商权、婚姻权和继承权，还授予他们选举权和任职权。这些权
利不仅授予个人和家族，甚至授予整个城市，乃至整个民族。而且，

---

　　① 《旧约·但以理书》第 4 章第 10—11 节："我在床上脑中的异象是这样：
我看见地当中有一棵树，极其高大。那树渐长，而且坚固，高得顶天，从地极都
能看见。"第 22 节："王啊！这渐长又坚固的树就是你。你的威势渐长及天，你
的权柄管到地极。"

罗马有殖民的习惯，就如一种植物从罗马本土移植到异国他乡。两种制度由此相互融合，也可以说，不是罗马人向世界扩张，而是世界各国向罗马扩展。这才是泱泱大国的风范。

西班牙本土人口稀少，却拥有辽阔的领地，委实令人叹服。西班牙本土就像一枝粗壮的树干，比罗马和斯巴达崛起之初更为结实。西班牙虽然不像罗马那样准许外人入籍，其措施也不无相近之处。西班牙人招募士兵不论国籍一视同仁，有时甚至在高级将领中也同样如此。不过现在他们好像开始认识到本地人的不足，菲力普①的诏书就反映了这一点。

案头的劳作，室内的技艺，精细的制作（那些依靠手指而非手臂的工作）在本质上肯定与尚武精神背道而驰。一般而言，好战的民族大凡有点懒散，爱冒险胜过劳作。若要保留其好勇尚武的气质，对这种风气不必多加干涉。斯巴达、雅典、罗马以及其他古代国家都由奴隶从事劳动，这为公民参战提供了极大的便利。奴隶制已为基督教的律令所废止，相近的方法是让外族人从事这类手艺活。（这也有利于他们安居。）而本国的民众大多从事三大职业：自耕农，自由的仆役，以及需要强壮体魄的工种，如铁匠、泥瓦匠和木匠之类的手艺活。职业军人还未曾计算在内。

帝国欲称雄天下，则国民须将军事视为其首要的荣誉、学问和事业。上述所言不过指军事演练，若没有目的和行动，演练又有何用？据说罗慕路②给罗马人的遗言是："崇尚武力，罗马将成为世上首屈一指的强大帝国。"斯巴达的体制完全服从于军事目的（虽然未必明智）。波斯人和马其顿人也一度武功盖世。高卢人、日耳曼人、哥特

---

① 菲力普 Philip IV（1605~1665），西班牙和葡萄牙国王。

② 罗慕路 Romulus，相传为战神之子，食狼奶长大，于公元前 754 至 753 年建立新城，后杀弟，名新城为罗马城，遂为罗马第一代国王。

人、撒克逊人、诺曼人也曾为一时之雄。土耳其人至今还是这样，虽然已大不如前。在欧洲基督教国家中，只有西班牙仍保留这种传统。唯有致力于某事，方可有所得益，此理不言自明。国力的强大不会由天而降，除非专心致力于武备。反之，历史证明，只有那些崇尚武力的国家（如罗马人和土耳其人）才能成就伟业。曾经尚武的国家，也曾一度辉煌，后来尽管国力衰退，其余威犹存。

此外，宣战之时，国家的法律和习俗要能为之提供正当的理由或借口，因为人性中自有天生的正义感，若无有一定的哪怕似是而非的理由，他们不会贸然参战，因为战争将带来重重灾难。土耳其人常以传播宗教为开战的理由，他们随心所欲地以此为借口。罗马人以扩充疆域为将帅之荣耀，但并不以此为兴兵开战的唯一理由。

对任何志在高远的国家而言，首先须对他国的挑衅十分敏感，无论这些挑衅施之边民，还是针对本国商人或使节，不应姑息忍让过久。其次，要像罗马人那样，对于盟友及时伸出援手。盟国一旦求援，罗马人总是当仁不让，最先赶到，不把这项荣誉让予其他盟国。罗马为希腊的自由而开战；斯巴达人和雅典人为民主政治和寡头政治的成败而战；某些国家以将他国人民从专制和压迫下解放出来为借口发动战争。古代这种为一党一派利益而进行的战争，没什么正当的理由可言。总之，战机到来之时，却不敢挥戈而起的国家，别指望会成为强国。

没有运动便没有健康，对个人和国家无不如此。一次正当体面的战争，是王国或共和国极好的锻炼。内战犹如生病发烧，有伤元气；外战则如运动热身，有益健康。懒散的和平使人意志消沉萎靡不振。然而无论是为了幸福，还是强国，常备不懈，是为上策。维持一支久经沙场的军队，虽然费用不低，却能使邻国听命，唯我独尊。西班牙就是一个典型的例子，它的精兵常驻欧洲各地，已有120年之久。

掌握制海权的国家堪称帝国。西塞罗在给阿提库斯①的信中论及庞培对付恺撒的战略："庞培的策略乃是地米斯托克利式的。他认为拥有制海权，便拥有一切。"要不是庞培妄自尊大，舍弃这种策略，他无疑能搞得恺撒疲惫不堪。海战的重要性由此可见。亚克汀海战决定了罗马帝国的归属。勒邦多海战扼制了土耳其的霸权。最后的胜负取决于海战，此类例子不胜枚举。君王在海战时孤注一掷，就会发生这种情况。毫无疑问，谁拥有制海权，谁就拥有战争的主动权，谁就能随心所欲地驾驭战争。相反，那些长于陆战的国家往往陷于窘境难以扩展。以欧洲当今的局势而言，制海权至关重要（此乃大不列颠帝国得天独厚之地利）。因为欧洲大多数王国不是内陆国，都拥有广阔的海岸线。此外，东西印度物产丰饶，没有制海权将无从染指。

　　古代的将士何等荣耀，近代的战争则相形失色。现在也颁发各类勋章以鼓舞士气，但颁奖无度，赏赐过滥。也搞一些纹章和伤兵医院之类的事。古代则不同，树立于战场的胜利纪念碑；悼念阵亡将士的颂词和牌坊；庆功的桂冠；元帅军衔的授予（此事为后代的君王所效法）；盛大的凯旋仪式；对复员将士的慷慨赏赐，凡此种种皆足以激扬士气。然而，最令人叹服的还数罗马的凯旋仪式。罗马的凯旋式不是为了炫耀，而是一种独特的体制，它反映了罗马的智慧和高贵。其含义有三：荣誉归于将帅，战利品充实国库，士兵得到厚赏。不过这种荣誉对君主国未必适宜，除非得到荣誉的是君王本人或他的儿孙，如罗马的君王所为。他们亲自征战，大开庆典，至于部将，不过赏些战袍勋章而已。

　　总之，如《圣经》所言，人的躯体，无法因思虑而增高②；国之

---

① 阿提库斯 Atticus，Titus Pomponius（公元前 109~前 32 年），罗马骑士。伊壁鸠鲁的信徒，与西塞罗过从甚密。

② 《新约·马太福音》第 6 章第 27 节："你们哪一个能用思虑使寿数多加一刻呢？（或作'使身量多加一肘呢？'）"

疆土，却能因治理得法而扩张。若能将上述论及的法令宪章习俗付诸
实践，将为后代埋下强大的种子。可惜人们往往漠然以对，听之任之。

选自《随笔集》

> 许多殖民事业的衰败主要原因就在于一开始就急功近利不择手段。

殖民是远古先民的英雄业绩。世界尚年轻时，殖民养育了众多的儿女。如今垂垂老矣，子孙已不如过去那么多了。所以我且将新的殖民地称之为旧王国的儿女。我主张在处女地殖民，这样就不会反客为主，赶走原先的居民。否则就不是殖民而成扰民了。开辟殖民地犹如播种造林，为了最终的收益要有二十年不获利的打算。许多殖民事业的衰败主要原因就在于一开始就急功近利不择手段。当然只要对殖民事业有利，眼前的利益也不容忽视，但切不可过分。

网罗本国的社会渣滓不法之徒前往殖民地，这样做既可耻又不祥，而且对殖民事业有损无益。这些恶棍本性难改，他们好逸恶劳，为非作歹，坐吃山空。他们不久就会厌恶殖民地的生活，向国内抱怨，败坏殖民地的名声。殖民的合适人选应是园丁、农夫、工人、铁匠、木匠、手艺人、渔民、捕鸟的猎人，再加上一些药剂师、外科医生、厨师和面包师。

先在行将拓殖的土地上考察一下，看看有哪些天然物产可供利用。如栗子、核桃、菠萝、橄榄、枣子、李子、樱桃和蜂蜜之类。然后看看哪些东西长得快，一年之内就能成熟，如防风、胡萝卜、芜菁、洋葱、莱菔、菊芋、玉米等。种小麦、大麦和燕麦比较费力。要省事，不妨先种些主副食兼宜的豆类。稻谷产量高，可作主食。殖民伊始，在当地能生产面包之前，须备足食粮，如饼干、燕麦粉、面粉等。可带些易繁殖又抗病的牲畜家禽，如猪、山羊、鸡、火鸡、鹅和家鸽等。殖民地的粮食消耗应如围城那样按定额配给。果园菜圃和粮田的大部分收成应输入公共粮仓，储藏在那里，按定量分配。有些零星的土地可供私人使用。

注意殖民地有哪些土特产可以减轻本地的负担（只要不影响主业），如弗吉尼亚的烟草。殖民地森林稠密，有丰富的木材可资利用。如有铁矿还有河流，就可以在河旁建厂，在森林茂密的地方，铁是非常有用的。如果气候适宜，也不妨尝试一下晒盐。种麻织锦可以出售。松杉茂盛之处，不乏油脂。药材香桂可以牟利。制皂之类的事情都不妨加以考虑。对开矿切莫寄予过大的希望，因为很难确定地下究竟有无矿产，而且还会使殖民者怠于其他事务。

殖民地的治理，最好由一人独掌大权，辅以若干高参，让他们有权在一定范围内颁布戒严令。身处旷野，心存上帝，让人们知所敬畏至关重要。殖民地不可过多任用宗主国的官员，人选以贵族绅士为主，而非牟利心切的商人。立足未稳之前，宜免除关税。除非特殊情况，不要限制人们将商品运至任何利润丰厚的地方。

不要急于往殖民地移民，以免人满为患。要注意人口的递减，予以适当补充，以便当地的居民丰衣足食，不至于因人口问题而陷入贫困。有些殖民地位于海滨河边，那里地面潮湿，瘴气弥漫，有害健康。一开始为了运输方便可暂时在那里居住，以后房子还应建在高处，不

　　自鸣得意的人为智者所嘲笑，为愚者所钦佩，
为谄媚者所崇拜，他是夸夸其谈的奴隶。

要靠近水边。拓荒者应备足食盐，以便腌制食物，以利健康。

　　不要用小玩意去取悦当地的蛮人，要待之以礼，但不可放松警惕。不要为了讨好他们，去帮助他们侵略别人。而应在他们自卫之时伸出援手，以赢得他们的信任。挑选一些当地人到宗主国参观，让他们瞧瞧更好的生活方式，回来后便会加以赞扬。殖民地的统治得到巩固之后，就可以移殖妇女，以便在当地养儿育女，繁衍后代。殖民事业稍有小成，便弃之不顾，则罪莫大焉。这不仅仅有辱国体，简直是残杀无辜不仁之至。

选自《随笔集》

# 论党派

两党相争，叛徒最易从中渔利，因为双方相持不下之时，一人倒戈，举足轻重，他也就显得功莫大焉。

不少人错误地认为，君王驭国，要人治事，其政策首先要兼顾各派利益。其实不然，最高的智慧恰恰体现在总体规划上，各派对此都难以提出异议。或者与特定的人士个别交涉，当然，我不是说可以无视党派的存在。

地位低下的人要想升迁，就不得不依附党派。有权有势的人最好是不偏不倚，超越党争。初入政坛者难免有所依附，但不可做得过火，要使自己成为别的党派也能容忍的人物，这样才能仕途顺畅。

弱小的党派反而团结，坚定的少数派往往可以击败暧昧的多数派。一派垮台后，另一派会自行分裂。如卢库卢斯和罗马元老院的贵族曾结成派别与庞培和恺撒为敌，但贵族派垮台后，庞培和恺撒之间就起了纷争。安东尼和奥古斯都一度为同党反对布鲁图和卡修斯①，但布鲁图和卡修斯被打倒后，安东尼和奥古斯都也闹翻了。

上述事例与战争有关，私人的党争也同样如此。因此，党派中的次要角色往往会在内讧时成为头面人物。但是这种人最终难免湮没无闻的归宿，因为只有在党内纷争时他们才有作用，一旦尘埃落定，他们就毫无价值可言了。

通常有人借党派自重，然后又与对立的派别联手，他们以为既然已在这里站住脚跟，何不再做笔新交易呢。两党相争，叛徒最易从中渔利，因为双方相持不下之时，一人倒戈，举足轻重，他也就显得功莫大焉。在党争中保持中立的人未必是出于谦虚，而往往是借双方的矛盾来达到利己的目的。在意大利，教皇常自称"众人之父"，但人们却难以相信，反而从中看出教皇是在为自己的家族谋取名利。国君须谨防偏向一派，以致沦为党徒。党派之争对君权有害无益，它要求对党派的忠诚高于对君国的忠诚，连国王也成了"我方的一员"。② 如法国"神圣联盟"。党争愈烈，君权愈弱，君王的权威和国家大事无不受到损害。君权在上，党争在下，这犹如天文学家所言，行星虽有自转，却无时不受到更高的运动律的支配。

选自《随笔集》

---

① 卡修斯 Cassius Longinus Gaius（？～公元前42年），罗马将领。曾为公元前44年刺杀恺撒的密谋集团领袖，后被安东尼击败，自杀。
② 《旧约·创世记》第3章第22节："那人已经与我们相似，能知道善恶。"

# 论预言

人们往往记住了应验的预言，却无视没有兑现的预言，就像他们对梦兆那样。

我要谈的不是上帝的天启，不是异教的谶言，也不是自然的征兆，而是那些人们有所记忆，却又不明缘由的预言。女巫对扫罗说："明日你和你众子必与我在一处了。"①

荷马的诗中写道："伊里亚斯家族将世世代代统治各地。"这就像是罗马帝国的预言。

悲剧作家塞内加的诗写道："在未来悠悠岁月里，大海将敞开它的胸怀，袒露出辽阔的大陆，蒂菲斯②将展示新世界，图勒③也不再是大地的尽头。"这就像是在预言美洲的发现。

---

① 《旧约·撒母耳记上》第28章第19节："并且耶和华必将你和以色列人交在非列士人的手里，明日你和你众子必与我在一处了；耶和华将以色列的军队交在非列士人手里。"

② 蒂菲斯 Tiphys，希腊神话中的领航员。

③ 图勒 Thule：古人相信存在于世界北端的国家，极北之地。

波利克拉底①的女儿梦见朱庇特为她的父亲沐浴，阿波罗为他涂油。后来波利克拉底果然被钉上露天的十字架，在烈日下汗流浃背，雨水冲刷着他的身子。马其顿王菲力普梦见他封住妻子的肚子。他自己释梦，以为妻子不能生育。但先知阿利斯坦德却告诉他，是他的妻子怀孕了，因为人们通常不会给空瓶子加塞。幽灵在营帐里对布鲁图说："你将在菲力庇再次见我。"提比略对加尔巴说："你也将尝到帝王的滋味。"韦斯巴芗统治时期，东方流传着一个预言，道是来自中东的人将君临世界，这也许是指救世主耶稣，但塔西佗却解作韦斯巴芗。图密善在被杀的前夜，梦见颈背长出一个金头，他的继承者果然造就了多年的黄金时代。亨利七世年幼时给英王亨利六世端水，亨利六世说："我们争夺的王冠终将落到这小孩的头上。"

我在法国时曾听医生庇纳说，当年皇太后深信法术，用假名将先王②的生辰交给星相家算命。星相家断言此人将死于决斗。太后一笑置之，以为国王才不屑于与人决斗。但是后来国王竟死于骑马赛枪的游戏，卫队长蒙哥马利折断的矛尖刺入他的头盔。

我年幼时，正值伊丽莎白女王统治鼎盛时期，一个谶言十分流行："丝麻一成线，英格兰便了结。"

谶言中的"麻"（hempe）是由几个英王（亨利 Henry，爱德华 Edward，玛丽 Mary，菲力普 Philip，和伊丽莎白 Elizabeth）名中的首字母缀成的，人们便以为这些王朝之后，英格兰会遭到劫难。多谢上帝保佑，国家安然无恙，谶言只是应验在国名上，今上尊称已改为不列颠国王了。

1588 年前流行的一个谶言连我也感到费解：

<hr />

① 波利克拉底 Polycrates，爱琴海萨摩斯岛的僭主（约公元前 535~522 年）。曾为爱琴海上一霸，后被波斯总督诱捕，钉死在十字架上。

② 指法王亨利二世。

总有一天人们将看到，

挪威的黑色舰队，

出现在两个岛屿之间，

待到它来而复去，

天下太平，

英格兰将大兴土木。

据说"挪威"是西班牙国王的姓，人们通常认为这是指 1588 年前来征战的西班牙舰队①。雷乔蒙塔努斯②的预言是：

"88 年，奇事迭出的年代。"

这个预言也应验在西班牙舰队上，当时它是游弋在海上最强大的舰队，尽管它的舰只数量不是最多。

至于克利昂③的梦，我看不过是个笑话。他梦见自己被一条长龙吞噬，释梦者认为长龙就是那个曾给他添乱的制腊肠人。诸如此类，不一而足，若把梦兆和星相家的谶言都计入，那就更多了，我不过是略举几个实例而已。且把它作为冬日炉前的谈资，不必真当回事。我的意思是不要轻信，但对谶言的传播切不可掉以轻心。此类东西为害不浅，各国多次重典严禁。人们热衷于传播并相信预言，其原因有三：第一，人们往往记住了应验的预言，却无视没有兑现的预言，就像他们对梦兆那样。第二，主观的臆断和晦涩的传说往往会演变成预言，况且人性好奇，喜欢探知未来，以为占卜作谶无伤大雅。就如塞内加的诗句，那时已容易证明大西洋之外未必全是汪洋，可能还存在大片

---

① 1588 年，西班牙无敌舰队远征英国，在英吉利海峡被英军打败，从此，西班牙海上霸权为英国所取代。

② 雷乔蒙塔努斯 Regiomontanus（1436~1476），德国天文学家和数学家。著有《论各种三角形的五部书》。

③ 克利昂 Cleon（？~公元前 422 年），雅典民主派领袖。

的土地，加上柏拉图《蒂默亚》和《大西岛》① 中的传说，都足以促使人们将它视作预言。第三，种种预言，不胜枚举，却几乎都是欺人之谈，都是那些无聊狡诈之徒事后捏造出来的。这最后的一点，也是最重要的。

选自《随笔集》

① 柏拉图在这些篇章中记载，古代传说大西洋中曾有一大岛，后沉没消失。

# 论谈判

若要让对方先履行协议，就得说服对方，使他相信你还得有求于他，认为你是诚实可信的。

若论谈判的效果，口头洽谈胜过书信，有第三者参与胜于亲自出马。书面交涉有其长处：你可以得到对方的书面回答；当你需要为自己申辩时有文字材料为据；你的表述也不会被打断，意思不会被曲解。亲自面谈的好处是：如果对方的身份地位不如你，你的神色可以引起对方的敬畏；在处境微妙时，可以通过察言观色来决定谈判的进程，可以比较自如地有所推诿，并可当场澄清自己的看法。

选择的谈判代表要朴实守信，他会如实向你汇报谈判的进展。不可重用那些假公济私的狡诈之徒。他们为了取悦于你，往往隐瞒真情，只说好话。用内行办事效率高，用人宜各取所长。胆大的用于申辩；善言的用于劝诱；机敏的用于打探；刚愎蛮横的用于棘手的事务。用那些以前办事顺当的幸运儿，他们信誉在外，会尽力而为，不负所望。谈判时宜旁敲侧击，不要直奔主题，除非你打算出其不意，开门见山，让对方不知所措。打交道最好找那些有所欲求而不是无所谓的人。如果双方已谈好条件，关键就看谁先履行。除非在不得已的情况下，没理由要求对方先尽义务。若要让对方先履行协议，就得说服对方，使他相信你还得有求于他，认为你是诚实可信的。

所谓谈判策略无非是窥察对方的意图并加以利用。在信任、情绪激动、猝不及防，万不得已、也就是急于求成又苦无托词之时，人们就会露出本相。如果你要利用某人，就得了解他的性情和习惯，从而达到左右他的目的。如果你知道他的意图，便可加以劝诱。如果你了解他的弱点，便可加以恐吓。如果你掌握能牵制他的人，便可加以控制。与狡诈之徒打交道，应当察言观色，洞悉其意图。少说为妙，开口则出其不意。遇到棘手的谈判，不要指望刚下种就有收获。要做到有备而来，按部就班，自然水到渠成。

选自《随笔集》

# 论司法

"人民的幸福是至高无上的法。"法官当牢记在心，须知这才是法律的最终目的，否则，法律不过是苛刻百姓的工具，没有灵验的谶言。

法官应当牢记，他们的职责在于司法，而不是立法；在于解释法律，而不是制定或颁布法律。否则，他们就会像罗马教会那样自以为是。罗马教会以解释《圣经》为借口，任意地改经文，无中生有，以尊古为名兜售私货。

对法官而言，学问应高于机敏，可敬应高于可亲，审慎应高于自信。最重要的无过于正直的品质。摩西戒律道："挪动界石者必受诅咒。"①挪动界石罪当惩罚，但是，如果法官有失公道，乱判地产，他才是挪动界石的首犯。一次徇私错判的恶果超过多次犯罪，因为犯罪只是污染水流，错判则是污染水源。正如所罗门所言："义人在恶人

---

① 《旧约·申命记》第27章第17节："挪移邻舍地界的，必受诅咒。"

124

面前败诉，好像趟浑之泉，弄浊之井。"① 法官执法关系重大，牵涉到诉讼两造和律师、下属的书记员和执事，乃至上面的君王和国家。

第一，有关诉讼双方。《圣经》说："你们使公正的审判变成苦涩的茵陈。"② 确实，甚至使之变成酸醋。不公使审判变苦，拖延使审判变酸。抑制强梁，惩治欺诈是法官的主要职责。横暴越猖狂越显得凶狠，欺诈越隐秘越显得恶毒。恶意争讼，扰乱法庭者当坚决拒之门外。执法者当秉公判决，就像上帝那样"填满洼地，削平山岗"③，开辟一条平直的大道。诉讼时若有一方仗势欺人、舞弊枉法、巧言诡辩、阴谋串供、趋炎附势、依仗讼棍，法官要战胜邪恶主持公道，方能显现其才德不凡。"鼻涕擤得太猛，鼻子会出血"④，葡萄榨得太干，酒味不醇。审案须慎重，不可深文周纳，陷人于罪。曲意枉法，最为可怕。处理案件时不可将重在警戒的法律变为滥施酷刑的工具。《圣经》上说，"他要向恶人密布罗网"⑤，但切不可让严刑苛法成为百姓的罗网。陈腐失效的刑法当禁而不用，这才是贤明的法官。"不仅要审察案件的事实，还应体察案件发生时的具体情况，这是法官的职责。"在处理事关生死的大案时。法官应在遵守法律的前提下做到仁慈为怀，以严厉的目光对事，以悲悯的目光对人。

第二，有关双方的控辩。耐心认真地听取双方的辩护是法官的基

---

① 《旧约·箴言》第25章第26节："义人在恶人面前，好像趟浑之泉，弄浊之井。"

② 《旧约·阿摩司书》第5章第7节："你们这使公平变为茵陈，将公义丢弃于地的。"

③ 《旧约·以赛亚书》第40章第4节："一切山洼都要填满，大小山冈都要削平；高高低低的要改为平坦，崎崎岖岖的必成为平原。"

④ 《旧约·箴言》第30章第33节："摇牛奶必成奶油，扭鼻子必出血；照样，激动怒气必起争端。"

⑤ 《旧约·诗篇》第11篇第6节："他要向恶人密布网罗，有烈火、硫磺、热风，作他们杯中的份。"

本职责。过于饶舌的法官就像音未调准的铙钹。法官抢在律师前面发表看法，为示明鉴，随意打断双方的控辩，过早发表自己的意见，诱供式的提问，这样做有失体面。法官审理案件时有四项职能：明晰证词；调控发言，以免繁冗或离题；归纳总结证词；依法裁决。超越这些职能就会过犹不及，其原因无非是为了卖弄口才，没有耐心听取证词，记忆力太差，缺乏平直的心情来认真主持诉讼。奇怪的是大胆巧辩者往往能左右法官。法官的地位就像上帝，他们应当效法上帝"抑制骄横，扶助谦卑"①。更奇怪的是有些法官居然还偏袒某些所谓的名律师，这必然使诉讼费用大增，还会令人怀疑其中有弊。律师办案合情合理，辩护有理有据，法官对此应略表赞许，对败诉一方的律师尤其要抚慰有加，以维持其在委托人心中的地位，也使他对自己那些不切实际的诉求有所收敛。有的律师诡言狡辩，办案粗糙，举证无力，漫天开价，强词夺理。法官应出于公心对这种行为予以应有的谴责。法官不要与律师当庭争吵，也不要让律师在判决后为翻案而与自己纠缠不休。反之，法官也不可草草断案，从而贻人口实，被诋为听证不周。

　　第三，有关办案人员。法庭乃神圣的场所，因此，不仅是审判席，连走道、围栏等方方面面都应洁净无瑕，与贪赃枉法之事毫不沾边。正如《圣经》所言："荆棘上岂能摘葡萄呢？"② 在贪官污吏如荆棘丛生的地方，岂能结出甘美的正义之果？法庭易染四大恶习。第一种人混淆是非，包揽诉讼，使法庭积案难决，国家财政亏损。第二种人使法庭疲于权限之争，他们企图扩大法院的权限，目的是为了自己能从中谋利。这种人不是"法庭之友"，而是"法庭的寄生虫"。第三种人

---

　　① 《新约·彼得前书》第 5 章第 5 节："因为神阻挡骄傲的人，赐恩给谦卑的人。"

　　② 《新约·马太福音》第 7 章第 16 节："凭着他们的果子，就可以认出他们来。荆棘上岂能摘葡萄呢？蒺藜里岂能摘无花果呢？"

是所谓的"法院的左手"，这种人诡计多端，搅乱正常的司法程序，上下其手，给案子设下重重迷障。第四种人借执法敲诈勒索，中饱私囊。正如人们将法院喻为树丛，羊为了躲避风雨钻进树丛，结果难免被扯掉许多羊毛。至于一个老练的司法人员，他谙熟案例，办事谨慎，了解法庭中的各项事务。这样的人才是法官的得力助手，常能为法官出谋划策。

第四，有关国君和国家。罗马十二铜表法①上的名言："人民的幸福是至高无上的法。"法官当牢记在心，须知这才是法律的最终目的，否则法律不过是苛刻百姓的工具，没有灵验的谶言。当法律与国政抵牾时，国君和当政者要常向法官咨询；当政务与法律有碍时，法官也应常与国君和当政者商议，这是国家的幸运。因为诉讼往往牵涉到彼此的财产归属问题，而由此所涉及的原则和后果却事关国家。我称其事关国家，不仅指王权，还指出它会引起巨大的变革和危险，以及显然会影响到大部分民众。也不要让人们产生一种错觉，似乎公正的法律与切实的政策有矛盾之处，须知两者的关系犹如精神和肉体，相互协调，缺一不可。

法官要牢记所罗门的王座两旁有双狮护持。法官就是狮子，但毕竟是王座下的狮子，还得谨慎从事，不可拂逆王权。不过也不要无视自己的权力，而应贤明地执法。他们可能记得使徒保罗所言："合法执法，方为善法。"② 这才是更高的律法。

选自《随笔集》

---

① 十二铜表法：罗马最早的成文法。公元前 451~前 450 年编成，镂于十二块铜牌上公布，故名。为后世罗马法和欧洲法学的渊源。

② 《新约·提摩太前书》第 1 章第 8 节："我们知道律法原是好的，只要人用得合宜。"

# 论谣言

谣言的力量极大，任何大事无不牵涉到谣言，战争更是如此。

诗人把谣言描绘成女妖。他们笔下的谣言时而典雅华丽，时而深沉含蓄。他们说，瞧，她羽毛丰满，眼观六路，耳听八方，音色绚丽，巧舌如簧。

这只是辞藻的修饰，还有更妙的比喻。说她一路走去，越传越神；脚踩实地，头藏雾中；昼伏高塔，暗中张望；夜展双翅，疾行四方；亦真亦幻，虚实难辨；招摇过市，蛊惑人心。还有一种绝妙的譬喻，诗人写道，身为巨人之母的大地曾与朱庇特大战一场，因失败而怒降谣言。此言不虚，巨人是反叛的象征，谣言则是诽谤的化身，恰如兄妹相随，雄雌成对。如能降服这个怪物，驯得它俯首帖耳，惟命是从。并以毒攻毒，击杀其他猛禽，倒也不无价值。

这样说多少有点沾染上诗人的习气，还是言归正传吧。洋洋政论，涉及谣言者寥寥，其实谣言颇值得讨论，且让我慢慢道来。谣言何为虚，何为实？如何辨别真假？谣言是如何滋生，如何传播的？如何制止其扩散？怎样才能灭谣？还要谈谈谣言的性质。

谣言的力量极大，任何大事无不牵涉到谣言，战争更是如此。墨西努斯靠散布谣言搞垮了维特利乌斯。他造谣说维特利乌斯将令叙利亚和日耳曼的驻军相互调防，以致叙利亚的驻军怒而反叛。恺撒相当狡猾，为了攻其不备，他放出谣言，说恺撒已失去军心，将士疲于征战，他们从高卢抢到大量的战利品，一旦回到意大利就会犯上作乱，从而使庞培放松警惕，懈于防守。利维娅为了稳住局势，让其子提比略顺利继承皇位，不断宣称其夫君龙体渐愈。土耳其的总督常将君王的死讯密而不告，以防近卫军和其他部队趁机骚乱，劫洗首都君士坦丁堡和别的市镇。地米斯托克利为了诱骗薛西斯①离开希腊，故意扬言道是希腊人将要焚毁薛西斯在赫里斯彭德海边的浮桥。类似的事例俯拾皆是，不胜枚举，恕不一一赘述。所以，有识之君运筹决策之时，对谣言当密切关注，不可掉以轻心。

选自《随笔集》

---

　　①　薛西斯 Xerxes（约公元前519~前465年），波斯帝国国王。

# 论世道沧桑

国之幼年，长于武功。国之中年，长于学术，进而文治武功交相辉映。国之衰年，长于工商。

所罗门曾言："世事无新。"① 柏拉图也有同感，他说："所有的知识无非是记忆罢了。"因此所罗门说："所有的新奇之事无非是湮没的往事。"② 可见"忘川"③ 之水不仅在冥府迥流，也流淌在世间。一位高深莫测的星相家④曾言："永恒不变之物只有两个，那就是天上的恒星，它们不即不离，永远保持自己的方位。此外便是星宿日复一日的准时运行。要不然，万物都会显得片刻难存。"

万物常变，生生不息。洪水和地震就如席卷万物的殓衣。至于大

---

① 《旧约·传道书》第1章第9节："已有之事，后必再有；已行之事，后必再行。日光之下，并无新事。"

② 《旧约·传道书》第3章第15节："现今的事早先就有了；将来的事早已也有了，并且神使已过的事重新再来。"

③ 忘川 Lethe：希腊神话中冥府的河流，饮之令人失忆。

④ 可能指特勒肖 Telesio, Bernardino（1509~1588），意大利哲学家和自然科学家。

火和大旱，纵然能带来灾难，却还不至于灭绝一切生灵。法厄同①驾着火焰车肆虐，只不过一天而已。以利亚②时代大旱三年，但毕竟范围有限，何况还有人幸存下来。西印度③常常发生雷电造成的火灾，但区域不广。洪水和地震两场浩劫后，幸存下来的只是些山野愚民。他们对人类的历史茫然无知，往事全都湮没无闻，也就等于无人幸存。如果考察一下西印度的居民，就可能发现他们并非旧世界的原始居民，而是新来的，较为年轻的种族。造成灾难的原因很可能不是地震（像古埃及祭司曾告诉梭伦大西岛为地震所吞噬），而是特大的洪水。因为这些地区地震并不多，倒是有许多汹涌的大江。相比之下，亚洲、非洲和欧洲的河流就如同涓涓小溪。那里的安第斯山也比欧洲的山脉更为高大，所以人们才可能借此躲过滔滔洪水。马基雅维里认为宗教派别之争导致了许多往事的湮没。他污蔑教皇格列高利④破坏异教的文物古迹，以此作为论据。在我看来这种宗教狂热起不了多大作用，也不会持续很久。萨比尼安⑤继位后，就开始光复旧物。

　　天体的演变不是本文所能胜任的论题。如果世界能够地久天长，柏拉图的"万年说"或许会有点效应。但并非让每个人复活（有些人臆断天体对尘世的影响精确入微，其实不然），只是让世界在总体上更新。彗星无疑对事物极具影响力，但是世人仰视着彗星在天际运行，却不注意观察它们的影响力，尤其没有注意到它在各个方面的影响，

---

　　① 法厄同 Phaethon，希腊神话中的太阳神之子。曾驾其父日轮战车遨游，险些焚毁地球，后被宙斯用雷霆击落。

　　② 以利亚 Elijah，犹太先知，所言三年大旱，见《旧约·列王记》第17—18章。

　　③ 西印度：指美洲

　　④ 格列高利 Gregory the Great（约540~604），意大利籍教皇（590~604在位）。

　　⑤ 萨比尼安 Sabinian（？~606），意大利籍教皇（604~606年在位）。

如彗星的种类、大小、色彩、光线、在天体中的位置、延续的时间以及将会产生什么影响。

有一件不起眼的事，我听到后曾略加留意。据说在低地国家（我不知具体地点）每隔35年，年景和气候就会发生周而复始的变化。如霜冻、水灾、大旱、暖冬、凉夏等都会重演一遍。人们把这种现象称为"复原"。回顾往事，我也颇有同感。

且不谈自然界的现象，还是谈谈人世间的事吧。人间沧桑无过于宗教派别的兴衰，正如行星沿轨道运转，人心为宗教派别所左右。真正的宗教是"建立在磐石之上的"①，其余的则随着时光波涛起伏沉浮。就此谈谈新教派的起因，冒昧地以一己之见来横议宗教派别的嬗变。

传统的宗教因内部纷争而陷入分裂，宣教者丑闻沸扬，声名狼藉，愚昧野蛮，世风日下。每逢这种情况，新的宗教就会因时而起，恣肆乖戾之徒也会跳出来自称教主。穆罕默德颁布律法时的情况就与此颇为相似。如果新的教派没有以下两大特征，就难以广泛传播，也不必对它过于恐惧。其一是欲取代或反对现存的宗教权威，这一招最能迎合民心。其二是怂恿人们纵情淫乐。因为，若不与政治势力勾结，异端的教条（如古代的阿里乌②派和当今的阿明尼乌派③）纵然能影响人们的思想，却难以改变政局。新教派要站稳脚跟有三种方法：一靠奇兆显圣；二靠如簧巧舌蛊惑人心；三靠武力征伐。至于殉道，那种

---

① 《新约·马太福音》第16章第18节："我要把我的教会建造在这磐石上，阴间的权柄不能胜过他。"

② 阿里乌 Arius（约250~336），利比亚人，埃及亚历山大里亚基督教司铎。在神学上提倡阿里乌主义，认为基督是受造的、有限的，这种理论被教会宣布为异端。

③ 阿明尼乌派 Arminius：基督教神学流派。以荷兰神学家阿明尼乌（1560~1609）为代表，以开明的观点反对加尔文的前定论，主张上帝的威权与人的自由意志互不矛盾。

行为超越了人的天性，应属于奇兆一类，虔诚至圣的生活也不例外。防止异教崛起和宗教分裂的良策无过于兴利除弊，弥合分歧，宽以待人，不搞残酷迫害。拉拢其主要人物，并加以笼络重用，而不用暴力和仇视去激怒他们。

战争的格局变化多端，主要有三方面的因素：一为战场，二为武器，三为战略战术。古代的战争往往是由东击西，波斯人、亚述人、阿拉伯人和鞑靼人都是来自东方的侵略者。高卢人的确是西方人，不过有记载的侵略仅为两次，一次是入侵加拉西亚，另一次是入侵罗马。但东方或西方本来就是相对的，而北方和南方则是固定的，南人犯北，事不多见；北人南侵，史不绝书。可见，北方人天性好斗，不知道是因为星宿所致，还是因为北方地域广阔。南方靠海，民气柔顺，北方天寒，人民剽悍好斗。

帝国分裂动荡，战乱在所难免。帝国强盛之时，大肆削弱乃至摧毁被征服地区的武装，以自己的军队取而代之。一旦帝国衰弱，这些地区也就只能任人宰割，一同走向毁灭。墙倒众人推，罗马帝国的衰亡，查理大帝①之后的日耳曼帝国无不如此。西班牙到衰败之时，也难免重蹈覆辙。霸业鼎盛之际，列强之间的纵横捭阖也易引起干戈扰攘。国力过于强大，犹如洪水，势必泛滥成灾。罗马、土耳其、西班牙以及其他国家的教训不胜枚举。当世界蛮族极少，且没有条件生殖繁衍（除了鞑靼人，今日之世亦大凡如此），也就不会人满为患。但当人口过多，又缺乏必要的生存手段，每隔一两代就得打发一部分人外出谋生。古代的北方民族以抽签来决定去留。一个好战的国家由强变弱之时，也易引起战争。这些国家虽然衰败，却仍富有。富有而软弱，自然就成了战争的诱因。

--------

① 查理大帝 Charlemagne（742~814），法兰克加洛林王朝国王。800 年被教皇加冕为"罗马人皇帝"。

至于武器的变化，本无一定之规。但是我们仍能窥见其演变的轨迹。如火炮，印度的奥克西里斯城就曾用过，马其顿人将它称为雷电和魔术，而在中国则已有两千多年的历史了。武器的发展，首先在于加大射程，这样才能远离危险，如火炮和毛瑟枪。其次，杀伤力的加强。大炮无疑胜过古代攻城略地的器械。其三，要便于使用。如不受气候影响，运载方便等等。

至于作战方略，一开始主要靠兵力和勇敢，以多取胜。双方约定交战的时间和地点，公平决战。他们还不懂排兵布阵，后来才知道以精兵制胜，利用地形，兵不厌诈，巧于布阵。

国之幼年，长于武功。国之中年，长于学术，进而文治武功交相辉映。国之衰年，长于工商。学术也有其幼年期，萌芽之时难免幼稚。青年时期，则朝气蓬勃。壮年时期，稳重老到，中规中矩。老年时期，气衰力竭。

兴亡盛衰，世事轮回，关注过久，令人目眩。世道周而复始，在此何须多谈。

选自《随笔集》

情

趣

篇

# 论学习

读书令人充实；讨论令人机敏；写作令人谨严。

读书乃人生一乐，它能陶冶性情，增长才干。独处闲居之时，尤见读书之乐；言谈挥洒之间，始露性情之雅；处世决断之际，方显才干之高。经验老到的人会干实事，也善于应付具体事务。运筹决策，统领全局则非学识过人者莫属。

读书太久易生惰性，炫耀知识未免做作，死搬教条失之迂腐。学问滋养天性，实践充实知识。植物需要修剪，人的素质则要通过学习来加以强化。学习要靠经验来加以规范，否则可能歧路亡羊。

油滑狡黠之徒鄙视学问，单纯愚鲁之辈仰慕学问，精明练达之士学以致用。会学不等于会用，运用之道在书本之外，得靠亲身的体验才能掌握。

读书的目的不是挑剔质疑，不是盲从，也不是为了增加谈资，而是为了慎思明辨。

有些书可浅尝辄止，有些书可囫囵吞食，个别的书则须细嚼慢咽，充分消化。这就是说，有的书只要读其中部分章节，有的书可随意浏览，有个别的书则须聚精会神读通读透。有的书可请人代读，做点摘要。不过这仅限于无甚高论的三流作品。否则，读书摘就如喝蒸馏水一样索然寡味。

读书令人充实；讨论令人机敏；写作令人谨严。懒得动笔的人，除非有好记性；不常向他人咨询的，除非有急智；不读书的人，除非狡黠过人，能够不懂装懂。

历史令人明智；诗歌令人聪颖；数学令人精细；自然哲学令人深沉；伦理学令人庄重；逻辑和修辞令人善辩。"各门学问皆可修身养性。"运动可以治疗肉体上的病患，学习可以弥补精神上的缺陷。保龄球有利于肾脏；射箭有利于肺胸；散步有利于肠胃；骑马有利于大脑。诸如此类，不一而足。如果精神恍惚，应该学数学，因为解题求证，稍不留神便得重新计算。如果不善于辨别差异，最好去研究经院哲学，因为这派学者最擅长条分缕析，繁琐考证。如果不善于由此及彼，推理举证，就可去研究一下律师的案例。可见，心智上的各种缺陷皆有对症之药。

选自《随笔集》

# 论旅游

旅游对年轻人而言是一种教育，对年长者而言是一种经历。

旅游对年轻人而言是一种教育，对年长者而言是一种经历。去某国旅游，却对该国的语言一无所知，这不是去旅游，而像是去求学。我赞成青年人在家庭教师或老仆的陪同下出游。只要他们懂得该国的语言，曾去过那里，能指点小辈什么地方值得一游，什么人值得结交，能受到什么样的训练。否则，小青年出国旅游，就像带着头罩，蒙眼而行。

在航海途中，所见不过是蓝天大海，人们却勤写日记。在陆地上旅游，见闻更多，人们反倒略而不记了。这真是怪事。似乎随意碰见的东西要比值得考察的事物更便于记录。旅途应勤写日记。

值得游览的地方有：皇宫以及君王接见外国使臣的场面、审案的法庭、宗教会议、教堂寺院和其中的遗物、城墙和堡垒以及港口码头、名胜古迹、图书馆、学院、辩论与演讲会、船舶与舰队、城市近郊的豪宅和花园、军械库、兵工厂、仓库、交易所、货栈、马术、剑术、演习、上流人士经常光顾的剧院、珠宝和服装、馆藏珍品等任何值得纪念的地方。家教或仆从要勤于打听，妥善引导。至于庆典、舞宴、婚丧、行刑之事均无足轻重，可随意取舍。

　　游程有限，时间不多，要让年轻人获益良多就得如此安排。如前所述，首先，他须略通所游国的语言。其次，有一个了解该国情况的仆人或导师。带上有关国家的地图和书籍，以备不时之需。勤记日记。不要长期滞留在某个城市或乡镇，时间长短因地而宜，总之不可久留。逗留在某个城镇也应经常改变住址，以便广交朋友。少与本国侨民交往，常去所在国上流人士出没的地方就餐。搬迁住地时，争取得到荐举，结交当地名宿，以便在游览之地得到关照。这样才能使旅游耗时不多而获益匪浅。

　　至于在游历时结交的朋友，应以驻外使节的秘书和雇员帮助最大，这样你身在一国，却能了解许多国家的情况。造访各界名流，考察一下他们是否名实相符。不要卷入争斗。争斗往往起因于情妇、斗酒、争座次和口角。与易怒好斗之人的交往须谨慎，这种人会使你卷入他们的纷争。

　　游罢归国，不可将所游之国弃之脑后，而要常与异国良友书信相通。出国的经历可以表现在言谈之中，不要表露在服饰和举止上。有问方答，不要开口便吹国外的经历。不要让别人认为你是想用外国的风尚取代本国的习俗，而应当以传统为本，兼取他国之长。

选自《随笔集》

# 论假面剧和竞技

人气鼎沸之时，不见香水洒落，却闻清香扑面，岂非令人神爽。

与前面严肃的论题相比，表演竞技不过是些雕虫小技，既然君王离不开这些玩意，不妨讨论一下如何使之高雅倜傥，才不至于显得徒有排场。

载歌载舞，场面壮观，其乐融融。合唱宜登高，器乐可齐鸣。旋律随剧情起伏，你唱我和，边唱边演，何等优雅。我说"表演"而不说"手舞足蹈"，那是因为后者略显粗俗。声音要洪亮，有阳刚之气（一个男低音，一个男高音，不要最高音）。词曲宜高昂悲壮，不必过于矫揉造作。几个合唱组排列有序，彼此呼应，如咏圣诗，动人心弦。舞蹈讲究拼图，未免浅薄幼稚。总之，以自然感人为上，不要卖弄技巧。

不变的场景令人腻烦，悄然变换布景可以怡人耳目。舞台光线要明亮，色彩宜绚丽多变。演员下台之前可用动作来吸引观众，从而提起观众的兴致，希望能欣赏朦胧细微之处。歌声嘹亮，振奋人心，不要低声呜咽，如啾啾鸟鸣。音乐要高昂和谐。白色、粉红和碧绿在烛光下效果最好。金属饰件鲜艳夺目，而且价格也不贵。富丽的绣衣反而未必显眼。戏装要漂亮，卸下面具谢幕时仍须显得合身。穿戴要不落俗套，可别老穿土耳其装、军装和海员服之类。

　　插科打诨不可太久，其中的角色无非是呆子、树精、狒狒、野人、丑角、野兽、精灵、巫婆、黑人、侏儒、土耳其小子、仙女、乡巴佬、爱神丘比特、晃来晃去的偶像等等。不宜将天使放入闹剧，反之，恶魔巨怪也不合适。音乐要轻松愉快新奇多变。人气鼎沸之时，不见香水洒落，却闻清香扑面，岂非令人神爽。男女分组的双重舞剧更显得庄重多姿。当然，除非保持场内的整洁，否则将一无是处。

　　比武竞技，勇士驱车登场时最为壮观。如果拉车的是狮熊骆驼之类的怪兽则更为精彩。入口处的装饰、华美的服装、精良的马具都为比武的场面添彩增色。这些玩意已谈得够多了，就此打住吧。

选自《随笔集》

# 论建筑

　　且将那些华而不实的建筑当作诗人的魔宫吧，他们摇摇笔头就能勾画出华厦万间。

　　建造房屋不仅仅是为了供人观赏，而是为了让人居住。除非能两全其美，否则就应先注重实用性，其次才考虑外观的匀称。且将那些华而不实的建筑当作诗人的魔宫吧，他们摇摇笔头就能勾画出华厦万间。

　　选址不佳，等于自建牢房。我所谓的选址不佳不仅仅指有瘴气，而是说那里气候险恶多变。如你所见，有些漂亮的房屋造在小山坡上，周围群山环抱，热量郁积，气流不畅，时冷时热，身处一地，却像住在气候迥异的几个地方。恶劣的环境不仅仅是因为空气不好，还包括蹩脚的道路、差劲的市场，如果去询问一下莫姆斯①，还可加上恶邻。略举数端，无须多言：如供水不足、缺乏树林遮阴；水果稀少、土质

_____

　　① 莫姆斯 Momus，希腊神话中挑错之神。他嫌雅典娜的房子无轮，不便回避恶邻。

低劣；地势崎岖、景色平平；附近没有打猎、放鹰和跑马的场所；离海太近或太远，没有航道往来之利，却有洪水泛滥之虞。离城远则办事不便，离城近则物价太贵，因城里对商品需求甚大。有的地方宜家大业大，却也难免缺这缺那，不可能十全十美。所以要考虑周详，尽取所长。如果有几处住所，安置得当，就可以互补有无。有一次庞培看到卢库卢斯①拥有宽敞明亮的豪宅和长廊，就说："确是避暑的好地方，但冬天怎么住人？"卢库卢斯回答得很妙："禽鸟都知道在冬天迁移到别处，难道我比它们还笨吗？"

　　且让我们将话题从选址转到房子本身。我们将模仿西塞罗论演讲时所用的方法，他写过几本《论演讲》后，又写了一本《演说家》，前者谈演讲技巧，后者论演讲尽善尽美的境界。我们以一个王宫为简单的模式来加以描述。奇怪的是当今欧洲虽然有梵蒂冈和西班牙埃斯克里尔宫之类的宏伟建筑，里面却难见雅致宜人的房间。

　　首先，一座完美的宫殿需有配套的厅堂居室，一边是宴会厅，就像《旧约·以斯帖记》所描述的那样，另一边是居室。前者供宴饮庆典，后者为日常生活的场所。王宫要前后相接，有分有合，正中立一幢宏伟的高楼，统领两厢的整个建筑群。在客厅的正面楼上安排一间像样的房间，高40英尺，楼下设一间供演出庆典之用的化妆室。在供日常起居的另一厢，可分成一个宽敞美观的大厅和经堂。两间屋子不要占地过多，在远端要配两间装饰得体夏冬专用的厅堂。楼下要有一个宽大的地下室，还得有几间厨房和装食物餐具的储藏室。正中的楼房应有两层高出两厢，每层约18英尺，楼顶铺上高级铅板，四周雕栏环绕。主楼按需要分成几个房间，楼梯沿中柱盘旋而上，配以古铜色的栏杆，直达漂亮的顶楼梯台。这样设计的楼梯，底下不能有仆人的餐厅，否则你就餐后还得再尝一次仆人的饭菜，因为他们的饭菜味会

---

　　①　卢库卢斯 Lucullus，Lucius Licinius（约公元前117~前58年），罗马将军。

像通过烟囱一样直冲上楼。有关房子前面的布局先谈到这里。楼梯的高度以 16 英尺为宜，等于底楼的高度。

穿过大堂，可布置一个美丽的庭院，其三面略低于正面，庭院四角配以雅致的楼梯，角楼位于外墙，高低不一，与较低的房子相配。院落不宜铺砖石，那会造成夏热冬寒，小径通幽，可用石砌，其余空地可以养草，经常修剪，也不要剪得太短。

在宴会厅的一侧有华丽的长廊，在一定的间距内建有精巧的尖顶亭阁，还配有色彩斑斓的玻璃窗。在起居室那一侧有客厅、娱乐室和几间卧室。三面的房子无不内外成套，不会整天受到阳光的直射，无论是上午还是下午，都有避开日晒的房间。要有房子避暑，有房子过冬，夏日阴凉，冬天温暖。有时你会看到有的房子玻璃窗太多，以致你没地方去避开日晒和寒冷。我看凸窗颇为实用（在城市里为了与街面协调还是以平窗为宜），人们可以倚窗交谈，那里很幽静，又能避风遮阴，有窗子挡着，阳光和风就无法直贯整个房间。但这种窗子也不要太多，两边的厢房修建四个就行了。

前院后面还有一个面积高低相等的内院，四周都是花园，拱门精美，高高的长廊环绕其上，与二楼看齐。面对花园的下层房间可改成洞穴式的消暑处，窗户开向花园，高于地平以避潮湿。院中有喷泉和一些精美的雕塑，地面的铺饰与前院相仿，两厢是私人的居室和走廊，二楼备有病房，由成套的卧室客厅组成，以供君王或某个贵族养病康复。底层和三层都有立柱支撑着开阔的长廊，以便享受花园的美景和新鲜的空气。长廊尽头有两间富丽的内室，地砖精美，挂饰艳丽，晶莹的玻璃窗，多彩的拱顶，亦可配上各色精致的饰品。楼上的长廊如有空间，可装些精巧的暗管，喷射水柱。

关于王宫的范型且说到这里，需要补充的是正宫前要设置三个庭院，第一个绿草萋萋，围墙环绕，朴实无华。第二个和第一个大同小异，只不过墙角略加装饰罢了。第三个和正宫相对，不设围墙，而用平台环绕，顶上镶有精致的铅板，不用拱门而以廊柱装饰。管家的办公处要与王宫保持一定的距离，靠矮小的走廊直达正宫。

选自《随笔集》

　　在迷信盛行的地方，大众会成为迷信的主宰，
智者会追随愚者，理性被现状所扭曲。

论园艺

洋溢在空中的芬芳（如乐声荡漾）比捧在手中的香花更为可人。欲得花香之乐，宜知香花品种。

　　万能的上帝最先造园①。庭园之乐，高雅无比，陶冶性情，以此为佳。若无园林，纵有高墙华屋，总显得粗俗造作。文明日进，情趣愈高，先兴土木，后造园林，花园精美，方显雅致。

　　我认为在皇家的园林中要种植四季合时的花草，各个季节都能看到鲜花常开。在 11 月下旬、12 月和 1 月，可种些常青植物，如冬青、常春藤、月桂、刺柏、紫杉、松树、枞树、迷迭香、薰衣草、白色、紫色和蓝色的长春花、石蚕花、菖蒲。如有温室可栽些柑橘、柠檬和桃金娘，也可在向阳处种些马郁兰。在 1 月下旬和 2 月，可种上当月开花的瑞香、黄色和灰色的番红花、迎春花、银莲花、早放的郁金香、风信子、小鸢尾、贝母。3 月有紫罗兰，蓝色单瓣的开得最早。还有

_____

①　《旧约·创世记》第 2 章第 8 节："耶和华神在东方的伊甸立了一个园子，把所造的人安置在那里。"

黄水仙、雏菊、杏花、桃花、山茱萸和石南。4月开花的有双瓣白色紫罗兰、黄紫罗兰、香紫罗兰、黄花九轮草、蝴蝶花、各色百合、迷迭香、郁金香、重瓣牡丹、素色水仙、法国忍冬、樱桃花、西洋李、山楂和丁香。5月和6月，宜赏品类繁多的石竹，特别是红石竹，还有各色玫瑰（除了晚开的麝香玫瑰）、忍冬、草莓、牛舌草、耧斗菜、法国金盏草、非洲万寿菊、挂果的樱桃树、栗子树、无花果、覆盆子、葡萄花、薰衣草、白色香兰、百合、铃兰和花满枝头的苹果树。7月可种各式紫罗兰、麝香玫瑰、酸橙、早熟的梨、挂果的李子树和梅子。8月有果实累累的李树、梨树、杏、伏牛花、榛子、甜瓜、彩色的乌头。9月有葡萄、苹果、色彩不同的罂粟花、桃子、黄桃、油桃、山茱萸、冬梨和温柏树。10月和11月初有楸子、枸杞、洋李、因嫁接而晚开的蔷薇、蜀葵等等。这些花木都是就伦敦的天气而言的，我的意思是要因地而宜，营造一种"春色常驻"的环境。

　　洋溢在空中的芬芳（如乐声荡漾）比捧在手中的香花更为可人。欲得花香之乐，宜知香花品种。红玫瑰的幽香暗藏，你从花丛前经过，也闻不到香味，即使在晨露下也是如此。月桂在生长期间没什么香气，迷迭香和马郁兰也是如此。紫罗兰，尤其是白色双瓣紫罗兰芳香最为浓郁。它一年开两次。一次在4月中，另一次在圣巴托罗缪节①前后。其次为麝香玫瑰，草莓在烂叶时香味最刺激。再次为藤花，花瓣细小，成串开放。还有野蔷薇，适于种在客厅或窗下的黄紫罗兰。各种石竹和紫罗兰，特别是花坛石竹和丁香石竹。接下来是酸橙和宜于远观的忍冬。至于豆花，因为它是田间野花，就不多谈了。另有三种花就是地榆、野百里香和水薄荷，它们和别的花不同，从旁边经过难闻其香，只有在踩碎后才会芳香袭人，将这类花栽在园中小径上，信步其中自能享受别样的香味。

---

　　①　圣巴托罗缪节 St. Bartholomewtide，日期为8月24日。

花园（如前文论建筑一样，我们所谈的都是王公贵族的花园）的面积至少要在 30 英亩以上，可分为三部分：入口处为一片草坪，近出口的地方为石南树丛或荒地，中部为花园的主要部分，两边设有小径。我看草坪占地可 4 英亩，荒地约 6 英亩，两边各占 4 英亩，主园为 12 英亩。草坪可带来两大乐趣：第一，平整的绿茵地令人赏心悦目。第二，以此作为一条漂亮的通道，可直达篱笆墙，高高的篱笆环绕着主园。这条路略嫌长了一点，在夏天，头顶烈日去园中纳凉未免得不偿失。所以就得在两边修上遮阳的通道，让木工搭个 12 英尺高的棚子，这样你就可以由此避开阳光进入主园了。至于在房前窗下用彩色的泥土构筑花坛设置图案，那不过是些简单的玩意，在糕点上都可以看到类似的图案。

　　主园以正方形为佳，四周围绕高高的树篱，配上拱门。木柱上的拱门高可 10 英尺，宽 6 英尺，间距与门宽相仿，拱门之上再架一圈高 4 英尺的篱笆，由木匠来做。拱门上面设置一个小塔，中间可放一个鸟笼，上面还可以搞些雕饰，镶上彩色玻璃，折射阳光。树篱可建在平缓的坡上，坡高 6 英尺，栽满花草。方正的主园不要过于空旷平淡，两旁应有曲径通幽，但两端不宜设植树篱的小径，以免枝叶挡住视线，这端向前看不清草坪，那端向后则看不清另一头的灌木。

　　至于篱笆内的园景，可以有多种设计方案，我惟一的建议是，无论怎样设计，首先不要搞得过于繁缛。我看不惯把刺柏或别的植物修剪成各种造型，那样未免太小儿科了。我喜欢低低的篱笆环绕四周，把枝叶修剪成尖塔的形状。我也喜欢那些做工精细的木柱。道路要通畅别致，花园的两侧可以有几条小路，但不要造在正中。园子中央有一座假山，景致可人，三条台阶通往山顶，小路的宽度足以使四人并行，不设栏杆，绕山而上。山高 30 英尺，顶上的餐厅配有高档壁炉，几扇玻璃窗疏落有致。

　　喷泉令人赏心悦目,死水潭则大煞风景,那里滋生蚊蝇蛤蟆,极不卫生。泉有两类:一为喷水池;一为蓄水池。后者的面积可三四十英尺,里面没有淤泥,也不养鱼。喷水池的装饰如今通行的是铜像或大理石的雕像。关键在于使泉水畅通,不要让水滞留其中,苔藓衍生,变色发臭。每天派人清洁池水,池边设石阶,辅平四周的地面。至于蓄水池,我们也把它称为"浴池",其装饰尽可别出心裁,在此恕不详述。如池底可砌成精致的图案,池边可饰以彩色玻璃和其他有光泽的材料,池边围上雕栏。同喷泉一样,关键还是要保持水流通畅。水源来自高处,从喷嘴射出,再从地下的排水管泄出,这样就不会滞留在池中。通过那些精巧的装置,水流喷涌却不外溢。朝上喷射的水流形状各异(如羽毛型、酒杯型和穹隆型等),煞是好看,不过对身心健康未必有多大作用。

　　至于作为园内第三部分的荒地,应尽量富有野趣。除了几棵野蔷薇、忍冬和几枝野葡萄外,不要种任何大树。地面上可种些紫罗兰、草莓和迎春,这类花芳香可人,适于生长在荫蔽的地方。可随意栽在各个角落,不加修整,任其自然繁衍。我也喜欢一些颇具野趣的小丘,在那里可种上好看的百里香、石竹、蚕花;也可以种上长春花、紫罗兰、草莓、黄花九轮草、雏菊、红玫瑰、铃兰、红瞿麦、藜芦,这类小花清香可人。小丘上有的地方可种灌木,有的地方不种也可。灌木的品种可有玫瑰、刺柏、冬青、伏牛花(此花味浓,可零星地种上几棵)、黑醋栗、桃金娘、迷迭香、月桂、野蔷薇等等。不过要经常修剪,以免长得太乱。

　　园中两侧有小径迂回,枝叶婆娑,遮天蔽日。小径有绿树屏蔽,任篱外疾风骤起,自可信步其间,如游长廊。小路的两端可种上成排的树木挡风,路面铺上碎石,不宜种草,免得潮湿难干。沿路可栽培各种果树,靠着园墙,依次排列。通常要注意的是果树旁边的路不可过于狭窄不平。可种些花草，但不要过密，以免和果树争夺养料。在路的两端，各设一座高度适中的假山，站在上面恰好院墙齐胸，可以俯瞰四周的田野。

正园两旁曲径通幽，果树葱茏，凉亭错落有致。对此我不持异议，但是不可太繁密，以免影响主园的开阔明朗的格局。至于阴凉处，可依靠两旁的小径，在夏日也可以徜徉其中。主园最适宜于温和的季节，酷夏时，只有在凌晨黄昏或阴天时才适于游园。

我不赞成在园中设立鸟舍，除非鸟舍极大，可以铺上草皮种上树，鸟儿有足够的空间，可以自己筑窝建巢，地面也不至于搞得鸟粪狼藉。

以上就是我对王族花园的基本设想，其中部分是构思，部分是描绘，谈不上是一个成型的模式，只不过是大致的轮廓。我没有考虑如何节约成本，不过这点开支对王公贵族算不得什么。他们往往听取工匠的意见，为了造园不惜工本，雕梁画栋，炫富摆阔，看似富丽堂皇，却谈不上真正的园林雅趣。

选自《随笔集》

社交篇

身处顺境，贵在节制自律；身处逆境，贵在不屈不挠。

"顺境带来的幸运固然可喜，逆境铸就的品质更令人折服。"塞内加效仿斯多葛派的口吻发出如此高论。

确实，如果说奇迹意味着左右自然，这种奇迹大多产生在逆境之中。他还讲过一句见识更高的话（此言出自异教徒之口委实不易）："既有人的脆弱，又有神的自若，才是真正的伟大。"这话用诗来表述更好，诗歌更长于表达妙言高论。其实诗人也一直热衷于此道，古代诗人在那个奇异的故事中就曾描述过这些，似乎不无神秘，又有点类似基督徒的经历。他们笔下的赫拉克勒斯是坐着瓦盆渡过茫茫大海去解救代表人性的普罗米修斯。① 它生动地体现了基督徒的决心，以血肉之躯为一叶扁舟，渡过尘世的惊涛骇浪。

简言之，身处顺境，贵在节制自律；身处逆境，贵在不屈不挠。

---

① 赫拉克勒斯 Heracles，希腊罗马神话中的大力神。普罗米修 Prometheus，希腊神话中为人类盗取天火的英雄。

后者在精神上更能显出英雄本色。顺境是《旧约》中的福祉；逆境是《新约》中的福祉。逆境能带来更大的幸福，能更清晰地昭示上帝的惠顾。即使在《旧约》中，聆听大卫的琴声①，你也能够察觉到其中哀婉的情调并不少于颂扬。圣灵之笔在描述约伯的苦难时着墨更浓，甚于描述所罗门的幸福。顺境未必没有恐惧和烦恼，逆境未必没有安慰和希望。且看刺绣，以沉郁的色彩为背景来衬托艳丽的图案，比以清淡的色彩为背景衬托沉郁的图案，显得更为赏心悦目。从眼中之喜可以推断出心中之乐。诚然，美德犹如名香，焚烧或碾碎后香气更浓。顺境容易暴露恶习，逆境最能展示美德。

选自《随笔集》

---

①　指《旧约·诗篇》。大卫 David（公元前 11 世纪～前 962 年），古以色列国第二代国王。

# 论大胆

大胆一向是盲目的，因为它无视困难和危险。

在初中课本里有一段对话，看似一般却值得智者三思。有人问狄摩西尼①："演说家的才情主要表现在哪些方面？"他答道："演技"。"其次呢？""演技。""再次呢？""还是演技。"尽管他本人并不具备这种天分，但如此推崇，足见他深知其中三昧。

那肤浅的演技竟被捧得如此之高，连独到的见解，高雅的辩才都显得等而下之，好像演技之重要无与伦比，这真是怪事一桩。其实不难理解，人性中愚蠢多于智慧，利用这一点，最能在演讲时调动人们的情绪。

在政治上也是如此，若问什么样的政治才干最重要？"大胆"。其次呢？再次呢？还是"大胆"。尽管大胆不过是无知之子，卑劣之子，是等而下之的伎俩，但是芸芸众生大凡见识浅薄生性怯懦，易为此等伎俩所迷惑，以至于缩手缩脚。甚至有些明智之士也会因一时糊涂而

---

① 狄摩西尼 Demosthenes（公元前 384~前 322 年），古希腊政治家，雄辩家。

为其左右。所以它在民治国家屡屡奏效，在有元老院和君主制的国家却不易得逞。"大胆"在行动之初自有奇效，但后来就大不如前了，因为它很难始终保持强势。有乱开药方的江湖郎中，也不乏草率治国的庸医。碰上运气，他们偶尔也能药到病除，但其疗法缺乏科学依据，难于长久见效。

而且，你能看到大胆之徒屡次演示穆罕默德奇迹。穆罕默德让民众相信，他能把大山招到面前，在山顶上为信徒们祈祷。民众聚集起来后，穆罕默德一再呼唤大山过来，大山岿然不动。穆罕默德毫不脸红，他说："既然大山不愿到穆罕默德这里来，那么就让穆罕默德到大山那边去吧。"那些江湖骗子也是如此，他们夸下海口，却总是自食其言，在一事无成、丢尽脸面之时，却胆大皮厚，显得轻描淡写，若无其事。

胆大妄为之徒，在有识之士看来，不过是可笑之辈。在常人眼中，也显得荒诞。若说荒诞引人发笑，胆大妄为者确实不乏可笑之处。一旦处于无地自容之时，他们就会显得垂头丧气，神情木然。面临窘境，羞怯的人尚有回旋的余地，胆大妄为之徒则束手无策，就如棋陷僵局，虽然未被将死，却已进退两难。这种窘境可入讽世小品，无须认真评论。

细加斟酌，可见大胆一向是盲目的，因为它无视困难和危险。运筹决策宜谨慎，贯彻执行须大胆。匹夫之勇不可为帅，只可充当副将，受人指挥。谋划时要善于预见不测之险，实行时最好无视危难，除非危险极大。

选自《随笔集》

# 论快捷

善于把握时机就是节省时间，而不合时宜的行为等于无的放矢。

刻意求速无补于事。这就像医生所谓的消化不良会引起痞积，从而埋下病根。所以衡量办事效率，不能以时间快慢为准，而应以事情的进展为准。就如赛跑，步子大，高抬腿未必就能跑得快。办事同样如此，集中精力，不贪多求快，反而效率更高。有的人只想赶时间，草草了事，以显得动作麻利，这样干通常只会使事情反反复复没完没了。抓紧时间与草草了结并不是一回事。我认识一位智者，他看到人们急于求成时，常说："少安毋躁，事情早了。"

另一方面，真正的快捷极具价值。金钱是衡量商品的标准，时间是衡量效率的标准。办事迟缓，成本就高。人人皆知斯巴达人和西班牙人办事拖拉，"让死神从西班牙来吧"，无非是指望死神晚些降临。

耐心倾听别人介绍情况，与其中间插嘴，不如一开始就明示。本来他可以顺畅地讲完，被人打断后又得从头说起，他的讲话就会变得更为冗长乏味。可见，有时主持人比讲演者更令人讨厌。

讲话重复当然浪费时间，但反复申明要旨则反而节省时间，还能省却许多琐碎的解释。说话啰唆，就像穿着大褂赛跑。前序后跋，道歉致谢纯属浪费时间，貌似谦恭，实为虚夸。不过他人持有异议，意欲阻挠时，说话不可过于直率。消除成见，须加诱导。先施热敷，后贴膏药，方能见到疗效。

办事有条有理、主次分明乃快捷生命之所系。不分轻重缓急的人办不好事情；过于繁琐的人办不完事情。善于把握时机就是节省时间，而不合时宜的行为等于无的放矢。办事可分三步：准备、磋商和完成。如欲快捷，第二步可由多人参与，第一步和第三步则由少数人来完成。事先拟定计划，办事才有效率。即使计划被否定，也能提供教训，总比盲目而行要好。正如草灰要比尘埃更能肥田。

选自《随笔集》

# 论猜疑

怯懦者多忌，无知者好疑。广闻博见，疑虑自释。郁闷在心，
疑窦难解。

心中的猜疑犹如空中的蝙蝠，它们总是盘旋于黑暗之中。猜疑之
心须加抑制，切莫轻易生疑。猜疑令人心智蒙蔽，朋友疏离，办事不
顺。猜疑使国王沦为暴君，男人成为妒夫，智者变得优柔寡断。猜疑
并非缘于心中胆怯，而是因为大脑不能明辨是非。连最为果敢的人也
会心生疑窦，英王亨利七世就是如此。他的果敢举世无双，他的多疑
举世罕见。秉性如此，所以猜疑对他无甚大碍。他通常不会轻信所疑，
而会审视虚实。怯懦者多忌，无知者好疑。广闻博见，疑虑自释。郁
闷在心，疑窦难解。

人世何苦偏多疑？莫非他们以为与自己交往的都该是圣贤吗？莫
非他们认为别人没有各自的打算，爱他人胜过自己吗？所以消解疑虑
最好的方法莫过于视其为真，却权当其无，以便把握分寸。视其为真，
自然会有所警惕，若其果然如此，则有备无患。

主观的疑虑如空虚的蜂鸣，流言蜚语所引起的猜忌则如有毒的螫

刺。要在猜疑的丛林中清扫出一条大路，最好的办法就是与对方坦诚相见。使对方了解真相，从而杜绝产生疑虑的根源。然而对于卑劣之徒，此道难以奏效。小人一旦得知自己被疑，就会记恨终生，不复为真。意大利人有言："受猜忌者不必效忠。"好像猜疑怂恿了不忠。但被疑者更应忠贞不渝，以示清白。

选自《随笔集》

論
言
談

措辞恰当胜过雄辩滔滔，说话得体胜过美言阔论。

有些人谈吐只图以口齿伶俐邀宠，却不去明辨是非，似乎言谈比思想更值得赞赏。有些人善于泛泛而谈却毫无新意。陈词滥调，令人生厌，一旦被察觉，难免成为笑柄。善言者能触发话题，调控节奏，宛如领舞，腾挪多变。言谈切忌一成不变，须言之有据，顺理成章，质疑解难，亦庄亦谐，唠叨不休，令人厌倦。

插科打诨，应有所节制，切莫涉及宗教、国政、要人、急事和他人的苦恼。但有些人喜欢出口伤人，好像非此不足以显露其口才。这种习性理当克制：

"小子，勒紧缰绳收起鞭。"

人们通常能分辨出风趣和尖刻。利嘴尖舌固然令人生畏，但也不要低估别人的记性。多问者多知，亦能取悦于人，所问的内容正是对方的强项，正是对方所乐于回答的，则效果更佳。提问不可令人厌烦，否则就像在盘问。得让他人有机会开口，如有人口若悬河滔滔不绝，则要加以引导，以便他人接上话头，好像乐师引开恋场的舞客。

对他人以为你知道的事佯作不知。对不知之事，别人也会以为你是知而不言。谈论自己须择言谨慎，总是少谈为妙。某人好讥讽自以为是者："他想必是太聪明了，谈起自己，没完没了。"借赞美他人来表彰自己，这种做法最为得体。他人的美德与自己的优点相似时，自然效果更好。

开口切忌伤人，谈天说地有如旷野四达，不可针对任何个人。我认识两个西部贵族，一个言谈刻薄，却又喜欢宴请宾客。另一个常问赴宴的客人："说实话，席间他有没有奚落他人？"客人答道："发生过这样那样的事。"他就会说："我早就料到那张臭嘴会搞坏一桌美餐。"

措辞恰当胜过雄辩滔滔，说话得体胜过美言阔论。没有对话的长谈显得呆滞，缺乏见解的交谈显得肤浅。兔子跑得慢转身却很敏捷，猎狗却反之。说话七绕八弯令人讨厌，过于直截了当则未免唐突。

选自《随笔集》

# 论友情

没有友情，世界就像一片旷野。友情对于人的精神，就像方士的魔石之于人的身体。

"爱孤独者非神即兽。"能像这样将真理与谬误一言以蔽之者，绝非易事。天生憎恨社会的倾向深藏内心，要说这样的人具有某些兽性，那是千真万确的。若说爱孤独者具有神性，则大谬而不然。除非这种性情不是出于偏爱孤独，而是希望自我退隐，以使精神得到升华。异教徒中曾有人假装如此，如加第亚人埃庇米尼得斯①，罗马人努马②，西西里人恩培多克勒③和提亚纳的阿波罗尼奥斯④。真正做到的则有古

---

① 埃庇米尼得斯 Epimenides（创作时期在公元前 6 世纪），克里特预言家，作家。传说他曾长睡 57 年之久。

② 努马 Numa Pompilius（活动时期为公元前 700 年），罗马共和国成立前统治罗马的第二代国王。据传喜欢独处沉思。

③ 恩培多克勒 Empedocles（公元前 490~前 430 年），希腊哲学家、诗人。据传他自封为神，投入火山口自杀，向信徒表明其神力。

④ 阿波罗尼奥斯 Apollonius（活动时期为公元 1 世纪），苦行修道者，据说曾创造奇迹，罗马帝国时期成为神话式英雄。

代的隐士和基督教会中的圣父。

　　了解孤独及其影响所及的人并不多，在没有爱的地方，凑在一起的人，不等于就是同伴，种种面容不过如张张画像；言谈声声不过如铙钹叮咚①。有句拉丁格言尚能略表其义："一座城市犹如一片旷野。"在大城市里，朋友散居各方，近邻犹同陌路，没有乡间小镇那种邻里之情。可以断言，没有挚友，才是绝对可悲的孤独。没有友情，世界就像一片旷野。可见，喜孤独者不配交友，孤独的脾性不是来自人类，而是来自兽类。

　　情感起伏会引起心中的郁闷，排忧舒心是友情的第一大功能。众所周知，肠胃不通有害身体，心胸不畅则有损精神。撒尔沙能疏肝；钢能通脾；硫磺能畅肺；海狸胶能清脑；除了知心朋友，没有一帖药能够舒心。苦恼，喜悦，恐惧，希冀，疑惑，主张，种种压抑在内心的情感，面对好友，尽可一吐了之，这有如一种世俗的忏悔。

　　令人费解的是，许多君王十分看重友情，为了友情甚至不惜危及自身的安全和尊严。君王与臣仆地位不等，很难共享友谊，除非将某人提拔到身边，接近平起平坐的地位，但这么做多有不便。现代语言将这种人称为"宠臣"或"亲信"，好像这是出于君王的恩宠和垂青。罗马语则将这叫作"分忧者"，揭示了其中的缘由，君臣之友正是靠这点来维系的。不仅那些懦弱多情的君王这样，连那些精明强干的君王也不例外，他们与臣仆呼朋唤友，形同常人。

　　苏拉君临罗马时，就把庞培（后人称为"伟大的"庞培）提到高位，以致庞培自诩胜过苏拉。庞培为亲信争取执政官的位置，挤掉了苏拉看中的人。苏拉不悦，言及君权。庞培居然反唇相讥，道是"膜拜朝阳者多于膜拜夕阳者"，让苏拉免开尊口。

――――――――――

　　① 《新约·哥林多前书》第13章第1节："我若能说万人的方言，并天使的话语，却没有爱，我就成了鸣的锣，响的钹一般。"

恺撒当政时，布鲁图①最受宠信，恺撒居然在遗嘱中立布鲁图为第二继承人，仅次于自己的外甥。布鲁图权等君王，正是他才能置恺撒于死地。由于一些不祥之兆，尤其是其妻卡尔普妮娅做了噩梦，恺撒打算解散参议会。正是这个布鲁图拽着恺撒的胳膊，轻轻地把他从座椅上拉下来，劝恺撒在其妻做个好梦之前，不要解散参议院。安东尼在信中直指布鲁图为"巫师"，好像他使恺撒中了邪（西塞罗在演说中曾全文引用这封信），可见布鲁图是多么得宠。

奥古斯都将出身卑贱的阿格里帕②提拔到高位。当奥古斯都向梅赛纳斯③咨询女儿婚事时，梅赛纳斯直言道："要么把女儿嫁给阿格里帕，要么杀了阿格里帕。舍此别无他途。因为你已使他位高震主。"

提比略大帝时，赛扬努斯④位近帝王，两人被视为好友。提比略在给赛扬努斯的信中写道："友情至关重要，我无须向你隐瞒任何事情。"为了表彰两人之间的友谊，元老院居然设坛供奉，将友谊视为神明。

类似的甚至更为过分的事例还有塞维鲁和普劳底亚努斯⑤之间的友情。塞维鲁迫使自己的长子娶普劳底亚努斯的女儿为妻，对普劳底亚努斯欺凌皇子的行为却多方庇护。他在致元老院的信中居然写道："朕爱普劳底亚努斯，但愿他比我长寿。"

---

① 布鲁图 Brutus Albinus, Decimus Junius（？～公元前43年），罗马将军。曾参与刺杀独裁者朱利乌斯·恺撒。

② 阿格里帕 Agrippa, Marcus Vipsanius（约公元前63~前12年），罗马帝国第一代皇帝奥古斯都的密友和副手，处于一人之下万人之上的地位。

③ 梅赛纳斯 Maecenas, Gaius（约公元前70~前8年），罗马皇帝奥古斯都杰出的外交官和顾问。

④ 赛扬努斯 Sejanus, Lucius Aelius（？～31），罗马皇帝提比略的密友，曾任禁卫军统领，后因人告发他阴谋篡位，被提比略处死。

⑤ 普劳底亚努斯 Plautiannus，罗马皇帝塞维鲁的宠将。

如果这些君王都像图拉真①或马可·奥勒利乌斯②那样，人们或许会认为他们的行为是出于心地善良。可是这几个君王却无不精明强干，独断自是。可见尽管贵为至尊，若无友情，终为缺憾。纵然有妻儿侄甥，亲情毕竟无法取代友情之乐。

"硬汉"查理公爵③从不向他人吐露心中的秘密，对于那些使他感到棘手的隐情更是守口如瓶。"在公爵晚年，这种秘而不宣的秉性多少有碍于他的明断。"康敏斯④认为其第一个主子查理公爵的这一席话值得记取。这番话其实用来评论康敏斯第二个主子路易十一⑤也无甚不妥。路易凡事一概不言，最终自食其果。

毕达哥拉斯⑥的话虽不易解，却不无道理。他说"切莫咬自己的心。"确实，说得不客气一点，一个人若无可以敞开心扉的朋友，等于是吞噬自己的心肝的禽兽。值得一提的是（我以此结束关于友情的第一种效用），向朋友倾诉心事具有双重的功效，既能喜上加喜，也能消愁解闷。将喜事告诉朋友，能使快乐倍增；向朋友倾诉心中的烦恼，定能解忧消愁。事实上，友情对于人的精神，就像方士的魔石之于人的身体。它的功效不一，却总是顺应人的天性。在日常生活中这种现象也是显而易见的。物体相合则加强并助长其固有的力量，也能

---

①　图拉真 Trajan（约 53~117），罗马皇帝。在位期间减免赋税，扩建公共工程，其遗迹遍布意大利。

②　马可·奥勒利乌斯 Marcus Aurelius（121~180），罗马皇帝。

③　查理公爵 Charles the Hardy（1433~1477），法国勃艮第公爵，为反对法王路易十一的贵族集团首领。

④　康敏斯 Philippe de Commines（1446~1511）法国外交家和历史学家。原为查理公爵殿下重臣，后来归依路易十一，曾被任命为首辅。著有《回忆录》8卷。

⑤　路易十一 Louis XI（1423~1483），法国瓦罗尔王朝国王。

⑥　毕达哥拉斯 Pythagoras（约公元前 580~前 500 年），古希腊哲学家、数学家。

削弱和抵制外来的压力。人的精神也是如此。

友情的第一大功效是调节情感，第二大功能在于有益心智，提高悟性。友情能使情感由暴风骤雨转为朗朗晴天，它也能使人摆脱阴郁纷乱的思绪而豁然开朗。这不仅仅指来自朋友的良言，当你一人百思不得其解的时候，若能与朋友切磋交流，你就会突然开悟，这时思维活跃，思路清晰，你能看出思想变成语言的时候会是怎样。你最终会变得更为聪明。可见，一小时的交谈胜过一整天的苦思。

地米斯托克利①对波斯王说得好："思想犹如折叠的挂毯藏而不露，言谈则像打开的挂毯一目了然。"交谈有助于思维，即使没有给予忠告的朋友（如有自然最好），人也能借助交谈得到启发，有所获益。思维因交谈而更为敏锐，就像石头本身虽不能切割，却能把刀磨得更为锋利。总之，宁可对石雕纸画倾诉衷肠，也不可让所思所念闷死腹中。

为了将友情的第二大功能解说得更加全面，再谈一谈朋友的良言。这是显而易见，连平头百姓也明白的事。赫拉克里特②的隐语说"光贵清纯"。确实如此，他人的诤言往往比自己的理解和判断更加到位，更为透彻，因为人的见解难免为自己潜在的好恶和习惯所左右。朋友的诤言和自我判断不无差别，就如诤言和谄言之截然不同。人最大的谄媚者无过于本人，对自谀最好的良药无过于朋友的诤言。

诤言有两种：其一有关德行，其二有关事业。至于第一种，朋友的忠告是保持心理健康的最佳良药。自律自戒犹如猛药，有时失之过烈。宣道说教之书，多少令人乏味。借鉴他人反省自身，有时未必合适。朋友的忠告无疑是最好的良药（最有效易服）。令人奇怪的是，

---

①　地米斯托克利 Themistocles（约公元前 528~前 462 年），古希腊雅典民主派政治家、统帅。

②　赫拉克里特 Heraclitus（约公元前 535~前 475 年），希腊哲学家。提出"一切皆流，无物常住"的观念。

由于没有朋友的忠告，不少人（尤其是一些大人物）铸成大错，声名财富双双受损。就如圣雅各所言，有些人"有时照照镜子，随即便忘了自己的本来面目"。①

至于事业，有人或许认为，两只眼睛未必比一只眼睛见得更多；旁观者未必比当局者知道更多；默念二十四个字母以止怒的人未必比发怒的人更为明智；毛瑟枪托在肩上射击也不亚于搁在枪架上。他尽可以想入非非自以为是。然而，归根到底，惟有朋友的忠告方能使事业直道而行。有人也愿意听取他人的忠告，但宁肯一条一条地采纳。如此事问甲，另一事问乙，这也不错（总比不问别人要好），可是这样做有两大危害。其一，忠言难得，除非挚友才会倾心相告，否则难免虚诈，以利进言之人。其二，得到的劝告有害无益（尽管用意不错），利弊参半。就如求医治病，尽管医生擅长治你所得的病，对你的体质却不甚了解，治愈了眼前的症状，却引起了其他的不适，结果是治好了病，却丢了命。熟知你情况的朋友则不然，他在帮助你处理当前事务时，会留心提防其他不测。所以不可依赖那些随意的建议，这类东西未必能构成有效的指导，反而会致人误入歧途。

友情除了上述两大可贵的功效（使人心平气和，明辨是非），还有最后一种功效，它犹如多籽的石榴；我的意思是指在许多场合，许多事情上，友谊都会对你不无帮助。若要列举友谊的多种作用，最好先看一下哪些事是无法独自完成的。由此可见，古人所谓"朋友是另一个自我"，还有些言不尽意。朋友比自我作用更大。人生有限，寿命难卜。子女婚嫁，事业成败，诸如此类，心愿难了。如有挚友，则不必担心这些事身后无人照料，在了却心愿上，好像一人两命，虽死犹存。人只有一个肉体，只能待在一处。而友情所在，人生大事就不

---

① 《新约·雅各书》第 1 章第 23—24 节："因为听道而不行道的，就像人对着镜子看自己本来的面目，看见，走后，随即忘了他的相貌如何。"

无寄托了。许多工作可以由朋友代办。人生有多少事，因为面子关系而难以启齿，难以办成。人难以自表功绩而不讲谦逊，更不用说自我赞美了。人有时也很难卑躬屈膝开口求人。诸如此类不一而足。所有这些自己羞于启齿的事情，让朋友来办却丝毫不失体面。人还有许多必须顾及的身份关系。如对儿子说话就得顾及父亲的身份；对妻子说话就得顾及丈夫的身份；对敌人说话就得顾及面子问题。让朋友出面则可以就事论事，没有这些顾忌。此类事情不胜枚举。我总结出一条规律，当一个人自己无法办妥某事，又没有朋友相助，他就该退出舞台了。

选自《随笔集》

# 论随从与朋友

慧眼识人，能做到不拘一格，人尽其才，因而受人拥戴追随，这才是最值得称道的。

尾长翅短，焉能飞翔？随从开销过大，自然不受欢迎。我所谓的开销，不仅指钱财，也包括他们的争风吃醋胡搅蛮缠。一般而言，除了主子的善待、推荐和庇护，随从不应有更多的奢求。拉帮结派的随从令人生厌，他们投到主子的麾下，不是出于敬仰，而是因为忌恨某人，大人物之间的误会往往由此而生。浮夸的随从爱为主子瞎吹嘘，结果往往败事有余。因为他们泄露内情，惹人妒忌，对主子的名声有害无益。还有一种随从为人险恶，简直就是个间谍，他们打探隐私，散布流言。但这种人往往能博得主子的宠信，因为他们工于巴结逢迎，善于道人短长。

因其所长而受侪辈追随是无可非议的，就如久经沙场的人受到战士的推崇。只要不过于张扬，哗众取宠，即使在君主制国家，也情有可原。慧眼识人，能做到不拘一格，人尽其才，因而受人拥戴追随，这才是最值得称道的。

若没有出色的人选，那就宁可任用稳当的人，而不用能干的人。不过，说真的，在浊世中精干的人要比正直的人更为有用。在正常的行政任免上，对资历相同的宜一视同仁，如果厚此薄彼，就会使受宠者骄慢，其他人生怨，因为他们也理当受到重视。相反，在培植宠幸上，尽可不拘常规，破格提拔。这将使受宠者更为感恩，其他人更为巴结，因为一切取决于主子的恩宠。不宜在一开始就对某人过于宠信，否则以后就摆不平了。完全倚重某个随从未必妥当，这样会使主子显得软弱无能，容易授人以柄，有损名誉。那些当面不持异议的人，会在背后横加非议，恶意中伤。但是，为众人意见所左右则更不可取，这使你显得优柔寡断。

　　听从个别朋友的忠告是可取的，因为当局者迷，旁观者清，谷深更显山高。古人称道的友情今世罕见，地位相等者更无真情可言，上下之间方有所谓的友谊，因为他们利益相关，往往是一荣俱荣，一损俱损。

选自《随笔集》

# 论请托者

　　走门路请托，宁找最实用的人，而不要找最有势力的人；宁找专管的人，不要找总揽一切的人。

　　私下请托有损社会公德，然而，为非作歹，歪门邪道乃世所多见。不少美差落到坏蛋手里，我所谓的坏蛋不仅指那些品德败坏的人，还包括言行不一的狡诈之徒。有的人轻诺寡信，不认真替人办事，一旦看到通过别的途径成功有望，便欲坐收谢礼，瓜分酬金。或看准时机，充分利用请托人的希望。有的人接受请托，目的只是为了借机阻挠另一人的成功，或者借机中伤他人，否则便找不到合适的借口以售其奸。然一旦得手，对所托之事成败与否却弃之不顾。也可以说，他们是利用他人的请托来达到自己的目的。甚至有人受人之托，却刻意坏人之事，以此讨好请托者的竞争对手。

　　确实，在每件请托中都有某种权利问题。如为诉讼而请托，受托人就面临一个公正的问题；如为提升而请托，就面临判断优劣的问题。如果受托人偏爱有错的一方，那最好让双方看自己的面子私了，以免对簿公堂。即使受托人偏爱能力较差的一方，也不要去诋毁更当提升

174

的一方。如对所托之事不甚了解，最好去请教忠实可信、见识不凡的朋友，让他看看此事能否办得妥当又不失体面。不过，要谨慎选择请教的对象，否则就会被他人牵着鼻子走。请托的人最恨办事拖延，搪塞欺骗。因此，要以诚相对，不愿办的话，一开始就明说。对事情的进展要以实相告。不要索取额外的酬谢，这样处事才显得既体面堂皇又通情达理。

在请托谋求恩宠方面，先行一步未必先胜一筹，首先要考虑请托人对自己的信任。如果要获知内情非此人不可，自然不可白捡便宜，不妨让他通过其他途径，以便有所补偿。不知请托的价值未免失之天真，正如不知是非曲直是没有良知。请托要得手，保密至关重要。大肆张扬可能使某些请托者却步，但也会促使另一些人有所警觉，从而加紧活动。托情说项，看准时机最为关键。向要人进言，须得看准时机，欲防他人阻挠，也得看准时机。

走门路请托，宁找最实用的人，而不要找最有势力的人；宁找专管的人，不要找总揽一切的人。遭到拒绝时，不要流露出沮丧和不满的情绪，这样，再次请托时就好像初次开口一样有效。如果一个人争宠有道，那么"索求更高，所得正好"是一条通则。否则，刚开始时不宜索求过高，人们会将第一次来的请托人拒之门外，但不会拒绝曾经帮助过的人，不然就会前功尽弃，与托情人反目为仇。找大人物写封推荐信似乎并不很难，但若无正当理由，就会有损其声名。最可恶的莫过于那些包揽请托，上下其手之徒，他们是危害公务的毒素和病菌。

选自《随笔集》

# 论礼貌

礼貌举止就像服饰，不可太紧或太繁琐，要做到舒适得体，方能行动自如。

宝石无须金箔，德高不拘小节。但是，赞誉能令人增色，犹如经商可以谋利，常言说得好："积小利可成大富。"因为薄利易取，暴富难求。同样，注重小节也能博得高度的赞誉，日常小节更易被人注意，而展示大德的机会则像节日一般罕有。可见，礼貌赢得美名，就如伊萨贝拉①女王所言，举止得体"乃是一封永远有效通行无阻的推荐信"。

只要对小节不掉以轻心，就不难做到彬彬有礼，就会注意别人的仪容，也有了自信从容。待人接物要自然得体，矫揉造作效果适得其反。有些人举手投足好像在作诗谱曲，字斟句酌反复推敲，如此谨小慎微岂能成就大事？在接待陌生人和正规的场合尤其要讲究礼貌。待

---

① 伊萨贝拉 Isabella（1451~1504），西班牙卡斯提尔女王，曾资助哥伦布远航。

人无礼者，人亦以无礼待之，结果难免自取其辱。过于讲究礼仪，把它看得比天还高，就未免失之烦冗，还会显得缺乏诚意。交际应对自有一套有效的措辞来打动对方，应用得当，效果极佳。

同辈之间亲则易昵，不妨略为持重。下属肯定敬畏上司，所以对下属不妨略示亲近。凡事过分热心难免令人生厌，而且自贬身价。迁就他人要让对方明白这样做乃是出于尊重，而非胸无定见。附和别人的主张，不妨加上一点个人的看法：你若赞成他的意见，可以在表述上有所不同。你若支持他的建议，不妨加些附带条件。你若认可他的观点，不妨举出自己的理由。

恭维切莫过分，无论他们多么能干，忌妒者都会抓住把柄，恶意诋毁。处理大事时太注重繁文缛节，过于讲究时机也有损无益。所罗门有言："看风的不敢播种，观云者难有收获。"[1] 智者善于捕捉机会，而不坐等机遇。礼貌举止就像服饰，不可太紧或太繁琐，要做到舒适得体，方能行动自如。

选自《随笔集》

---

[1] 《旧约·传道书》第11章第4节："看风的必不撒种；望云的必不收割。"

# 论赞扬

来自俗人的赞誉未免虚假平庸，它所追随的不是美德，而是
贪名图利之辈。

赞誉反映美德，就像镜子反映事物。来自俗人的赞誉未免虚假平
庸，它所追随的不是美德，而是贪名图利之辈。低俗的人不理解高尚
的美德。他们对浅薄的德行大加赞扬，对寻常的德行大为惊羡，对至
高无上的美德却茫然无知，他们最为追捧的是虚荣浮夸。浊世名望犹
如滔滔河流，虚空之物漂浮其上，坚实之物沉没其下。如果得到有识
之士的同声赞誉，则如《圣经》所言"美名胜似香膏"①，其香胜过
花卉，充溢四方，经久不散。

虚假的赞誉所在多有，令人不得不加以怀疑。有的赞誉纯属谄媚，
如果媚术平庸，他会说些人人都可受用的陈词滥调。如果他是一个狡
黠的谄媚者，他就会投人所好，对你自鸣得意之处大加谀辞。如果他

---

① 《旧约·传道书》第 7 章第 1 节："名誉强如美好的膏油；人死的日子，
胜过人生的日子。"

嫉妒是一种卑劣的情感，反映了魔鬼的本性。

大胆厚颜，就会公然称颂你自以为耻的缺点，美化你的弱点，让你"自我陶醉"。

有些赞美出自善意和尊敬，这是对君王和大人物的礼仪，也就是"以称赞为教导"，赞美他们的为人，以鼓励他们这样做。有些赞美出自恶意，目的是要激起别人的妒忌。"恭维你的人最狠毒。"希腊谚语道："被恶意恭维的人鼻上长疮。"就像俗话所说："开口说谎，舌头长疮。"

赞扬要用辞得体，场合适当，否则就如所罗门所言："清晨即起，大声夸奖，比诅咒也好不了多少。"① 无论对人对事，过度的夸奖只会起反作用，并引来嫉妒和嘲笑。吹嘘自己的为人难免显得荒唐，但是可以堂而皇之地夸奖自己的职责。罗马的主教大多是神学家、修道士和经院哲学家，他们对俗世的事务不屑一顾，将军事、外交、司法等一概贬为"州吏的俗务"，其实俗吏的作为比他们那些玄谈更加有用。圣保罗在自夸时常说："容我斗胆胡言。"② 但在提及他的事业时则说："将光大我神圣的使命。"③

选自《随笔集》

---

① 《旧约·箴言》第27章第14节："清晨起来，大声给朋友祝福的，就算是诅咒他。"
② 《新约·哥林多后书》第11章第23节："他们是基督的仆人吗（我说句狂话）？我更是！"
③ 《新约·罗马书》第11章第13节："我对你们外邦人说这话，因我是外邦人的使徒，所以敬重我的职分。"

# 论作伪与掩饰

作伪和掩饰令人丧失了为人处世之本——信用。为害之烈，莫此为甚。

掩饰不过是一种胆怯的策略，因为要知道何时吐露真言，何时直道而行均需要胆略和勇气。所以说短于谋略者却长于作伪。

塔西佗曾言："利维娅的丈夫老谋深算，她的儿子深藏不露。她兼有两者之长。"可见，他认为奥古斯都长于谋略，提比略难以捉摸。当墨西努斯①怂恿韦斯巴芗起兵反对维特利乌斯②时说："我们并不是针对奥古斯都敏锐的洞察力，也不是针对提比略的谨慎和隐晦。"

老谋深算也好，深藏不露也罢，无非都是人的秉性，理当加以辨别。如果一个人具备敏锐的洞察力，能够明辨哪些事该公之于众，哪些该秘而不宣，哪些该半遮半掩，又知道该如何因人而异，因时而异（这正是塔西佗所称道的治国处世之术），那么，凡事遮遮掩掩，反而

---

① 墨西努斯 Mucianus，罗马驻叙利亚军统帅。
② 维特利乌斯 Vitellius, Aulus（15~69），罗马皇帝。

是碍手碍脚，示人以弱。如果一个人不具备这样的洞察力，往往就会行事隐晦，为人鬼鬼祟祟。如果一个人无法做出抉择，也不能随机应变，小心谨慎无疑是上策。就如看不清道路，自然就得放慢脚步。

当然，能人强者大凡光明磊落，踏实诚信，恰如训练有素的骏马，行于所当行，止于所当止。由于率真守信，名声在外，当他们认为某事当加以掩饰，从而以假象示人时，别人几乎无法察觉。

自我掩饰可分三等。第一，藏而不露，闭口不言，秘而不宣，令人无从推断并掌握你真正的为人。第二，消极地掩饰真相，以假乱真。第三，主动地掩饰，热衷于公然造假，以假充真。

第一，深藏不露。那可真是一个听取忏悔者的德行。守口如瓶的人无疑能听到许多人的忏悔，谁会去向一个爱饶舌的人敞开自己的心扉呢？深藏不露者能吸引人们向他吐露真言，就像封闭于室内的空气更能吸引外面的冷空气。就如忏悔并非是为了俗事，而是为了舒解一下心胸。与其说人们是为了暴露内心世界，不如说他们是为了排遣心中的郁闷，所以守口如瓶者才能了解他人的隐秘。简言之，善于保密者才善于得知秘密。袒露心胸就像裸露躯体，未免令人难堪，它未必能给你的举止添加几分尊严。饶舌虚妄之徒多半是无事生非轻信流言之人。对所知之事喜欢说长道短的人，也爱对未知之事说三道四。由此可以断言：平素深藏不露既是一种策略，也是一种涵养。开口说话最好面无表情，表情变化最易暴露人的内心世界，表情比语言更引人注目，可信度更高。

第二，掩饰真相。在大多数情况下，掩饰必然与隐秘相伴而行。若要隐秘，就难免在某些方面加以掩饰。人们可没那么傻，会让你以不偏不倚超然物外的态度来保守秘密。他们会喋喋不休地问这问那，诱你道出真情。除非你有悖常情不理不睬，否则总会显露出内心的倾向。即便是闭口不言，人们也能从你的沉默来加以推断。支支吾吾或闪烁其辞均难以维持长久。所以，除非留下些许掩饰的余地，否则很难保证永不泄密。古往今来，掩饰不过是保密的裙饰而已。

第三，作伪与诈言。除非事关重大，这样做与其说是权宜之计，不如说是罪孽。一般而言，作伪是一种恶习，其根源出自虚伪的劣根、出自恐惧、出自心理缺欠。在一件事上作假，就会在其他事上都不得不弄虚作假，以免荒疏了作假的伎俩。

作伪与掩饰的有利之处有三：第一，可以麻痹对手，使他措手不及。如果将自己的意图公之于世，等于为对手拉响警报，使自己四面受敌。第二，可以为抽身而退留有余地。如果公开自己的计划，你就别无选择，要么干到底，要么彻底失败。第三，更易窥见他人的心思。你的意图公开后，旁人就不会提出异议，听之任之，从而掩盖了他们自己的真实意向。西班牙的格言说得好："说一句假话，套出一句真话。"似乎惟有借谎言来窥破真相，舍此别无他途。

相对而言，作伪也有三大不利。第一，作伪和掩饰难免示人胆怯，如箭羽受损，势难直逼靶心。第二，有许多人本来可以助你一臂之力，但你制造的假象令他们迷惑不解，致使你只能孤身单干。第三，作伪和掩饰令人丧失了为人处世之本——信用。为害之烈，莫此为甚。

率直的声名、隐秘的习惯、适度的作假、在万不得已的情况下也有作伪的能力，这才是最完美的素质。

选自《随笔集》

生

活

篇

# 论父母与儿女

立志宜高，习惯会使你走得轻松自如。

父母不会轻易表露他们的喜悦、忧伤和恐惧。有些感受难于言表，有些感受又不愿多谈。子女使父母的辛劳苦中带甜，也给他们的不幸雪上加霜。子女加重了父母对生活的忧虑，却也减轻了父母对死亡的恐惧。

动物都能传种接代，生生不息。惟有人类才追求声名德行，丰功伟业。不难发现，成大业者往往没有子女，他们没能从肉体上留下后嗣，便力图使其精神长留人间。最关怀后代的倒是这些没有后代的人。创家立业的人最宠爱子女，他们不仅指望子女传宗接代，更指望子女成为家业的继承人。他们将子女和所创的事业等量齐观。

父母对子女往往会有所偏爱，做不到一视同仁，有时甚至偏心到不合情理的程度，做母亲的尤其如此。正如所罗门所言："智慧之子使父亲欢愉；愚昧之子使母亲蒙羞。"① 在一个多子女的家庭里，最重视的是长子长女，最溺爱是幼子。父母最不上心的中间几个，结果往往最有出息。父母在应给子女的钱财上过分吝啬为害匪浅。那会使子女变得低贱油滑，与坏人为伍，一旦有钱便任意挥霍。所以父母对子女在管教上要严，在钱财上宜松，这才是上策。人们（父母、教师或仆人无不如此）往往不够明智，怂恿子女在年幼时互相攀比，以致成年时兄弟失和，家无宁日。意大利人对子女侄甥均一视同仁，只要他们是本族成员，并不在乎是否自己亲生。说真的，这更符合自然之道。常见到某个侄子长得不像亲生父母，倒更像叔伯或其他近亲，这是因为血缘关系。

　　孩子的可塑性最大，家长宜及时为他们选定将来从事的职业和人生道路。也不可过分迁就儿女的心愿，以为他们会为早年的爱好而奋斗终生。如果子女有强烈的爱好和超人的天赋，则不妨顺其自然。常言说得好："立志宜高，习惯会使你走得轻松自如。"次子往往大有出息，如若长子的继承权被剥夺，次子就不会那么幸运了。

选自《随笔集》

---

　　① 《旧约·箴言》第 10 章第 1 节："所罗门的箴言：智慧之子，使父亲欢愉；愚昧之子，使母亲蒙羞。"

妻子是青年的情人，中年的伴侣，老年的护士。

有家室之累者难成大业，只能听任命运的摆布，无论为善为恶均难成气候，妻子儿女必将成为他行动的羁绊。

为公众利益大有作为的人往往是单身汉，他们已将自己的情爱和财富作为嫁妆献给了公众。不过，按理来说，有子女的人最关心未来。他们知道要将最珍贵的祝愿寄托给后代。

有些独身的人却只顾自己，认为将来的事情与己无关。有些人甚至把妻子儿女视若欠账单。更有些人虽然富有，却愚蠢贪婪，竟以无后为荣，以为这样会显得更加富有。他们可能听人议论，"某某是个大富翁。"另一位不以为然，"是的，可他的子女之累委实不轻。"好像有儿有女会使财富缩水。

自由自在是独身最常见的理由，在某些自得其乐想入非非的人看来尤其如此。他们酷爱无拘无束，甚至把腰带和鞋带都视为锁链。未婚的人是最好的朋友、最好的主子、最好的仆人，但不是最好的臣民，因为他们毫无牵挂，说走便走，亡命天涯者大凡独身。

独身生活适宜宗教人士。仁慈若仅泽及家室小池，则终难普施大地。独身对于法官和行政官员则无关紧要。他们如果贪赃枉法，一个随从的恶劣影响将胜过妻子的五倍。至于军人，我注意到将帅在动员战士时常提及其妻儿老小，以激发士气。土耳其人藐视婚姻，致使那些大兵更为下贱。

妻室子女有助于陶冶人性。独身之人因负担不重而显得慷慨好施，但心肠较硬（适宜做审讯员），因为他们平素难得倾诉亲情。风俗习惯熏陶出庄重的性格，这种男人大多情深意笃，就像尤利西斯那样"宁要发妻，不求长生"①。贞洁的女子往往颇为自负，她们以自己的品行为骄傲。如果她们认为丈夫聪明能干，那么忠贞与贤惠是婚姻最好的绳索。如果她发现丈夫量小好妒，就会反其道而行之。妻子是青年的情人，中年的伴侣，老年的护士。一个男人只要愿意，任何时候结婚都是合适的。有人曾被问及："应当何时结婚？"他答道："年少时尚不需要，年老时已不必要。"此人居然也有智者之名。

三流的丈夫常有一流的妻子。难道是因为这种男人有限的长处反而弥足珍贵？抑或是因为伴随这种男人更能显出妻子的贤惠？不过可以肯定，如果一个女子不顾亲友的劝阻，执意嫁给三流的男子，她肯定会力图弥补，并从一而终，以示自己没有挑错郎君。

选自《随笔集》

---

① 引自希腊史诗《奥德赛》，尤利西斯为诗中英雄。

# 论青年与老年

涉世愈久，俗见愈深，年龄的增长有助于提高理解力，而未必能增强意志和激情。早熟者易早衰，小时了了，大未必佳。

一个青年人也可能显得老到成熟，只要他不曾虚度光阴，但这毕竟罕见。思想和年龄一样，也有长幼之别。一般而言，年轻犹如灵念初现，毕竟不如老谋深算。青年的创造力胜过老年，他们富于想象，如有神助。性情偏激、暴躁多欲之人在步入中年之前往往办事不够成熟，就如恺撒和塞维鲁。有人曾评论后者"年轻时行为怪诞，胡作非为"。然而，论才干，他却在罗马皇帝中名列前茅。性情稳重的人在年轻时就能干得很好，如奥古斯都大帝、佛罗伦萨大公科西莫和加斯东①公爵等。另一方面，激情不减、活力依旧的老年人也堪称气质不凡，能当大任。

年轻人敏于发明，拙于判断；长于行动，短于谋略；适于履新，疏于守成。老年人的经验在一定范围内有指导意义，遇到新情况，则

---

① 加斯东 Gaston（1331~1391），法国名将，政治家。

可能误导。年轻人犯错会坏事，老年人犯错至多是做得不够到位，不够及时而已。年轻人处事往往志大才疏，标新有余，善终不足；不顾条件，急于求成；仓促追求某些不成熟的原则，对革新掉以轻心，对由此引起的难于预知的麻烦考虑不周；开始纠错时好走极端，以致错上加错，又不承认改进，就像野马无羁，既不会止步，也不愿回头。老年人怯于进取，优柔寡断，不敢冒险，动辄反悔，不求大功，乐于小成。

　　能将年轻人和老年人的优点兼收并蓄当然更好，对于当前，两者可以取长补短。对于将来，现在有老年人掌门办事，年轻的接班人就有所效法。对处置外部的不测事件也有好处，因为德高望重有威信，年轻时髦得人心。若论品行，年轻人纯真可信，老年人谙于世故。经文上说："少年人将见异象，老年人要见异梦。"① 一位拉比②由此推论，青年比老年更靠近上帝。因为异象的启示比梦境更为清晰。涉世愈久，俗见愈深，年龄的增长有助于提高理解力，而未必能增强意志和激情。早熟者易早衰，小时了了，大未必佳。如修辞学家赫默基尼斯③，他的早期著作精美绝伦，后来却沦为白痴。另一种人在某方面天资出众，但这种才干能为年轻人添彩，却不能使老年人增色。如辞藻华丽的演说适于年轻人，对老年人却未必合适。所以西塞罗评霍滕修斯④ "时移世易，他却依然故步自封"。第三种人早年过于辉煌，晚

---

　　① 《新约·使徒行传》第 2 章第 17 节："神说：在末后的日子，我要将我的灵浇灌凡有血气的，你们的儿女要说预言，你们的少年人要见异象，老年人要做异梦。"

　　② 拉比 Rabbi：犹太教对老师的尊称。

　　③ 赫默基尼斯 Hermogenes，希腊修辞学家。他在 18 岁到 20 岁时，发表了多部著作，但到 24 岁时却失去了记忆。

　　④ 霍滕修斯 Hortensius Hortalus，Quintus（公元前 114~前 50 年），罗马演说家和政治家，早年与西塞罗齐名。

年黯然失色，如西庇阿·阿非利加①，李维说他"少年得志，晚年落魄"。

选自《随笔集》

---

① 西庇阿·阿非利加 Scipo Africanus（公元前 236～前 183 年），古罗马名将，曾征服迦太基。

# 论习惯与教育

晚学总不如早学那样从容自如。

思想取决于性情；谈吐取决于学识；行动则取决于习惯。正如马基雅维里所言，除非有固定的习惯，否则，性格的力量和豪言壮语都不可轻信。他举的事例有点可恶，他的话却不无道理。他举例说，若要行刺，不可信任生性残忍信誓旦旦的杀手，而应倚重那些手上曾经沾过鲜血的刺客。马基雅维里可能不知道克利蒙修士、拉维拉克、约尔基和吉拉德①，这些成功的刺客并非老手。但他的话毕竟言之有理，习惯比性格和诺言更有力。

当今之世，迷信盛行，以致初次行刺的人竟如职业杀手一样镇定自若；誓言的力量也不比习惯逊色，甚至在流血事件上也是如此。在其他事情上，习惯的主导力量依然随处可见。奇怪的是，任你自白、

① 克利蒙 Jacques Clement 于 1589 年刺死法王亨利三世。拉维拉克 Francois Ravillac 于 1610 年刺死法王亨利四世。约尔基 John Jaureguy 于 1582 年刺伤威廉亲王。吉拉德 Baltazar Gerard 于 1584 年刺死威廉亲王。

发誓、许诺、夸口，到头来还是积习难改，重蹈覆辙。人们好像是呆板的偶像和由习惯的轮子驱动的机械。

习惯的力量犹如专制暴君，这是有目共睹的。印度人（我指的是由智者组成的那个宗派）会默默地躺在柴堆上自焚献祭，他们的妻子也会争先恐后地跃入火坑一起殉葬。古代斯巴达的青年常常一声不吭地趴在狄安娜①的祭坛上忍受鞭笞。女王伊丽莎白统治初期，一个爱尔兰死囚曾上书总督，恳求按照先例，用荆条代替绳索来绞死他这个叛徒。俄罗斯有些僧侣为了修行，整夜在水盆里打坐，直到被冻住。人的身心均受习惯制约，此类事例委实不少。

既然习惯是人生的主宰，就应努力养成良好的习惯。幼年养成好习惯最为重要，这就是所谓的教育。实际上教育就是早期的习惯。就像学习语言，在表达和发音方面，年轻人的舌头比老年人更为灵便。在体育方面，年轻人四肢柔软，比老年人更适应各项运动。可见，晚学总不如早学那样从容自如。除非像有的人那样，从不故步自封，思想开放，能够不断自新自强，但这种人毕竟太少了。

单个人的习性力量不小，集体的习惯势力则力量更大。榜样的仿效，同伴的劝慰，竞争的刺激，表扬的鼓励，使习惯的力量达到顶峰。当然，发扬人性中的美德有赖于井然有序的社会制度。联邦和政府能促进已有的美德，在种子的改良上却难有作为。可悲的是这些最有效的手段现在却用在本末倒置的地方。

选自《随笔集》

---

① 狄安娜 Diana，古罗马所信奉的女神。司掌野兽与狩猎，兼管家畜。在罗马艺术作品中，狄安娜状如猎女，佩有弓箭，偕猎犬或鹿。

# 论爱情

> 爱出自人的本性，爱若不专注于某人或某些人，便会自然而然地普施大众，感召天下。

舞台比人生更得益于爱情。爱情向来是喜剧的题材，也时常是悲剧的题材。生活中的爱情却时而如诱人的妖女，时而如复仇的悍妇，为人生平添了多少苦恼。

古往今来，伟人奇才罕有沉湎于爱情而不能自拔者，可见，做伟人成大业均须摒弃这种孱弱的情感。曾为罗马帝国元首的安东尼①和执政官、立法者克劳狄厄斯②算是例外。前者确系荒淫无度的好色之徒，后者却是个严谨老练的正人君子。可见，爱情不仅能闯进敞开的

---

① 安东尼 Marcus Antonius（公元前82~前30年），古罗马统帅。公元前40年获得对东方行省的统治权，与埃及女王克娄巴特拉七世结婚，引起罗马人不满。罗马兴兵讨伐，安东尼兵败自尽。

② 克劳狄厄斯 Appius Claudius，公元前451年为罗马十执政之一，欲抢夺美女维吉尼娅，致使后者被杀，引起人民造反。事见李维《罗马史》。

心胸，稍有松懈，也能进袭森严的城府。伊壁鸠鲁①曾言："人生无非彼此看戏，世间不过一大舞台。"这话未必有理，好像人类虽然尚不至于像禽兽那样为口腹之欲所驱使，却只需拜倒在戏子面前，成为视觉的臣仆便足矣。人生当求索天意，向往高尚。上帝赐予人类双眼，是要让人类仰望崇高的事物。

爱情的冲动显然会夸大对象的品质和价值。惟有恋人才有说不完的虚夸之词。这不仅是说说而已，有言道："人总是将最大的奉承留给自己。"恋人的奉承却比自我恭维更是有过之而无不及。人尽管自命不凡，其程度也抵不上情人的恭维。常言说得好，"明智与热恋难以并存。"旁人看得清这种弱点，被爱的对象也未必糊涂，除非双方都陶醉于爱情之中。爱情若得不到爱的回报，得到的便是含而不露的鄙视，这是一条定律。所以对爱情要慎之又慎，它不仅使人丧失其他东西，连爱情本身也将付之东流。至于其他损失，诗人早有生动的描述。倾心于海伦的特洛伊王子居然甘愿放弃财富女神和智慧女神的礼物。②可见，沉湎于爱情中的人会将财富和智慧弃之不顾。

得意或失意之极，情感最为脆弱，而情感脆弱之时，正是爱情泛滥之际。此刻情欲如火，炽热难耐。可见，爱情令人愚昧。

处置得当的人，即使心有所爱，行为仍能保持节制，不让这种情感与人生的重大事务沾边。事业一旦为爱情所干扰，便会使你前程坎坷，无法一心一意直达人生的目标。

不知军人为何容易堕入情网，也许就像他们嗜酒，因为出生入死的人更须及时行乐。

---

① 伊壁鸠鲁 Epicurus（公元前 341~前 270 年），古希腊哲学家，主张快乐是人生目的，幸福是最高的善。著有《论自然》等。

② 希腊神话：天后朱诺、智慧女神雅典娜和美神维纳斯为争金苹果，分别向充当裁判的特洛伊王子许以富贵、智慧和美女。王子选中美女海伦，从而引起特洛伊战争。

　　爱出自人的本性，爱若不专注于某人或某些人，便会自然而然地普施大众，感召天下。如修道士那样。

　　夫妻之爱，使人类生生不息；朋友之爱，使人类臻于完美；淫荡之爱，使人类堕落败坏。

选自《随笔集》

# 论养生

> 要做到希望不泯，寻欢有度，兴趣广泛而不过滥，常怀好奇
> 爱慕之心，以保情趣常新。

养生之道不可囿于医术。明白什么对自己有益，什么对自己有害，
便是最佳的养生之道。"此事对我不适，我当戒除"要比"此事对我
未必有害，行之无妨"更为保险。年轻气盛，往往纵欲过度而不以为
然。埋下祸根，老来难免算总账。岁月不饶人，须知老之将至，岂能
再复当年之勇。突然改变饮食尤须慎重，如非得改变，则其他方面也
得作相应的调整。整体的改变要比部分的改变更为妥当，这是自然规
律，也适用于国家政治。

饮食、睡眠、运动、穿戴之类的生活习惯，须加检点。逐渐戒除
不良习嗜，切莫操之过急。若对戒除旧习感到不便，不妨重归故态，
因为很难说清公认有益的准则对特定的个人是否适宜。就餐、睡觉和
运动之时，保持心情舒畅，是为长寿要诀。

至于情感思绪，切忌嫉妒、焦虑、内心烦躁、劳心费神、狂喜过
度、哀伤郁闷。要做到希望不泯，寻欢有度，兴趣广泛而不过滥，常

怀好奇爱慕之心，以保情趣常新。读书明理，以历史、寓言、自然科学这类高雅的学问充实自己的头脑。

不可完全排斥药品，否则当你需要时，可能感到不适。但是有些人动辄服药，生病时，药品就会失效。按季节调节饮食，胜过经常服药，除非已服药成瘾。食疗对于养生利多弊少。对于新的症状，不可掉以轻心，还宜寻医问药。病时，健康状况固然是当务之急，无病时更要注意锻炼身体。平时惯于吃苦耐劳的人，染上普通病症，只要注意饮食休息，很快就会痊愈。名医塞尔苏斯①认为养生之道贵在适应各种变化，不拘泥于一个极端，但是要有所侧重。戒食与饱食都可以试试，但宁饱勿饥。不眠与酣睡，应更重视睡眠。静坐与运动，以运动为宜。这就是塞尔苏斯的养生延年之道，若仅为医生而非智者，难有这等真知灼见。遵行此道，当可健体强身。

有些医生唯求取悦患者，却不对症下药。有些医生墨守成规，诊断病情不会因人而异。就诊择医当挑选通情达理的大夫，若找不到适当的医生，则不妨综合两种相反的诊断。求到名医固然不错，了解你病情的大夫则更为可贵。

选自《随笔集》

---

① 塞尔苏斯 Celsus，Aulus Cornelius（公元 1 世纪），伟大的罗马医学家，被誉为"罗马的希波克拉底"。所撰《医学》为最优秀的医学经典之一。

论
残
疾

　　身体结构虽由天定，精神境界则取决于自我选择。

　　残疾人与造物势不两立。天地不仁，使其残缺；残疾人也难免怨天怨地，愤愤不已。正如经文所言，残疾人大多"缺乏自然的亲情"①，所以他们要对造物进行报复。精神和肉体之间确实有一种感应，造物使一头出错，就会危及另一端。但是，身体结构虽由天定，精神境界则取决于自我选择。有时，自律和德行的阳光会使命定的星辰黯然失色。所以，最好不要把残疾看作一种表象，表象易蒙人；而应将其视为一种动因，有因必有果。

　　身患残疾难免遭人歧视，这同时也是对自己的一种永久的刺激，促使你自立自强，以摆脱外界的轻视。残疾人往往多勇，首先是因为他们要自卫，要抗击他人的嘲讽，久而久之，也就习以为常了。残疾

_____

　　① 《新约·罗马书》第 1 章第 31 节："无知的、背约的、无亲情的、不怜悯人的。"《新约·提摩太后书》第 3 章第 3 节："无亲情、不解怨、好说谗言、不能自约、性情凶暴、不爱良善。"《圣经》原意并不是指残疾人，而是指不虔不义之人。

199

人多勤奋，尤其勤于窥伺他人的弱点，以便有所自慰。人们轻视残疾人，自以为比他们优越，所以残疾人不易引起他人的猜忌。残疾也能麻痹同僚，使竞争对手放松警惕，以为这种人升迁无望，等到他们官居要津，则为时已晚。可见，对一个有心机的人讲，残疾反倒有利于仕途通达。

　　古代的君王（现在也有不少国家）惯于宠信太监，因为这些阉人忌恨世人，对专制独夫更为谄媚尽忠。不过君主只是利用他们充当耳目，不会将他们倚为股肱大臣。残疾人也是如此，问题在于，只要是意志坚强，他就会力图使自己摆脱卑贱的地位，其手段不是靠德行，便是靠邪术。无怪乎有时残疾人竟能成大器，如阿格西劳斯、苏莱曼之子桑格尔①、伊索②、秘鲁总督伽斯卡③，以及苏格拉底④等人。

选自《随笔集》

---

①　桑格尔 Zanger，苏莱曼一世之子，驼背。

②　伊索 Aesop（公元前 6 世纪），《伊索寓言》的编纂者，有残疾。

③　伽斯卡 Gasca（1493~1567），西班牙主教，长相丑陋。

④　苏格拉底 Socrates（公元前 469~前 399 年），古希腊著名哲学家。相貌极丑。

# 论花费

凡事无不挥金如土，终将倾家荡产。

有钱就要花，花钱的目的是为了体面和行善。额外的花费则应看场合是否合适而定。为了天国，为了国家，有的人甘愿献出自己的一切。

一般的开销，应以个人的资财为度。理财须得当，不可入不敷出。不要受仆从的欺骗，让他们滥用钱财。钱要花得漂亮得体，能使实际支出比外界估计的少。当然，如要收支平衡，日常开销应占收入的一半。若要增加财富，支出应为收入的三分之一。

大人物躬身理财并非屈尊可卑之事。有人不屑为此，不完全是因为忽略，是恐怕一查账发现已濒临破产而平添忧愁。然而，病因不查，伤痛难愈。不善于理财的人须慎于用人，常换管家。初来乍到者往往胆小怕事，不那么奸猾。无暇经常查账的人理应对收支作出规定。一个人在某事上开销大，在另一事上就得省。吃喝上花得多，穿着上就得省。多花钱在居室上，就得少花钱在马房里。凡事无不挥金如土，终将倾家荡产。

在清理财产归还债务时，急于了债的害处不亚于久欠不还。匆忙出售造成的损失也不少于债务利息。而且，一举了债的人容易故态复萌，觉得自己身无债务，有可能重蹈覆辙。逐步还债的人能由此养成节约的习惯，对心理和财产都不无益处。钱财拮据的人，绝不可忽视小事。通常，省点小钱不会像卑躬屈膝以求得小利那样丢人现眼。对于一旦承诺便会长期支付的开销，要慎之又慎，不可轻允。至于只此一次的开销，则不妨出手大方。

选自《随笔集》

# 论财富

对财富当取之有道，用之有度，乐善好施，遗之坦然。

我且将财富称为德行的负担，舍此无以名之。古罗马将它比喻为"辎重"则更妙。财富与德行的关系，正如辎重之于军队。辎重省不了，也丢不得，但有时为了保全辎重，就会牵制军事行动，贻误战机，陷入败局。过多的财富，除了施舍别无实际用途。多余的钱只能虚增幻觉罢了。所罗门说："多财必多耗，财主不过徒饱眼福而已。"① 财富多到一定程度，就非个人所能消受。他可以贮藏，也可以施舍馈赠，或博取富贵的名声，却没有多少实际用途。难道你没看到有人为小小的石块或罕见之物开出天价吗？难道你没看到有人为了摆阔而一掷千金吗？这样做无非是为了使财富有个出处。也许你会说，有钱可以为人救危解困。但正如所罗门所言："钱财不过是富人想象中的城堡。"②

---

① 《旧约·传道书》第5章第11节："货物增添，吃的人也增添，物主得什么益处呢？不过眼看而已。"

② 《旧约·箴言》第18章第11节："富足人的财物，是他的坚城，在他心里想，犹如高墙。"

此言妙在道明了钱财只是在想象中如此，事实却未必这样。因财招祸者比比皆是，因财得救者屈指可数。

切莫为炫耀而敛财。对财富当取之有道，用之有度，乐善好施，遗之坦然。当然也不必强忍七情六欲，像苦行僧那般鄙视财富。而应区分清楚，如西塞罗论拉比端斯·坡斯图穆斯①时所言："他敛财求富并非为了满足一己贪欲，而是为了求得行善的手段。"求富不可心太急，还是听听所罗门的告诫吧："急于求富，行必有污。"② 古诗人写道，财神普路托斯③受天帝朱庇特差遣时总是行动迟缓，步履蹒跚。受到冥王普卢托派遣时则健步如飞。其寓意指靠正当手段和劳动不易迅速发财，凭借他人的死亡（如遗产、继承等）则能一夜暴富。恶魔生财（通过欺诈、压榨和其他邪术），迅速快捷。把财神普路托斯比作魔鬼倒也很恰当。

发财之术不少，歪门邪道居多。吝啬还不失为最好的一种，但也算不上体面，因为这种人吝于解囊助人。大地母亲，慷慨好施。依靠土地，精耕细作，是最自然的致富之道。尽管这不会使人迅速发财，但有钱人若能屈尊从事农牧业，其财富也会出人意料地成倍增长。我曾认识一位英国贵族，他富甲天下，拥有草原、牧场、森林、农场、煤矿、铅矿、铁矿等。土地犹如他财源不竭的大海。"小钱难挣，大钱易赚。"此言不虚。多财善贾，富者愈富，左右逢源，财运亨通。

从事一般的生意和职业靠诚信得利。挣钱一靠勤奋，二靠好名声（公平交易）。投机谋利，取之不义。乘人之危，收买仆从和副手，从而排斥竞争对手，诱人上钩，诸如此类都是卑鄙无耻的手段。杀价买入，高价卖出，转手之间，两头榨钱。只要合伙人选择得当，合资经

---

① 拉比端斯·坡斯图穆斯 Rabirius Posthumus，一世纪罗马财政官员。

② 《旧约·箴言》第 28 章第 20 节："诚实人必多得福；想要急速发财的，不免受罚。"

③ 普路托斯 Plutus，希腊神话里的财富之神。

营也能牟取大利。放高利贷固然可以赚钱，但也是最卑劣的。债务人汗流浃背，债主坐享其成。高利贷主连礼拜天都在忙于谋利，实在有违天意。放债虽然可以牟利，并非没有风险，中介人往往为了一己之利而吹捧不可靠的人。

有幸成为发明的首创者或专利持有人也能暴富，最先在加那利群岛上经营糖业的那人就是个例子。富有创见，善于审时度势者终成大业。仅靠固定收入难得大富大贵。孤注一掷者容易倾家荡产。将固定的收入作为投机冒险的后盾，万一失算可以有所弥补。若无约束，垄断销售囤积居奇不失为致富上策，如能预见什么商品将会畅销，提前备货，则利润更高。为人服务来挣钱固然是正道，如以阿谀奉迎卑躬屈膝为代价，则未免有失体面。若在执行遗产监管时上下其手以谋私利，如塔西佗论塞内加："无人继承的遗产都进了他的网罗。"这种行为则更加卑劣无耻，因为他侍奉的对象尤为下贱。

切莫轻信表面上对钱财不屑一顾的人，他们之所以蔑视钱财是因为捞不到钱财。若发财有望，他们便会无所不用其极。对蝇头小利，不可太精明。钱有双翼，时来时去。伺机撒手放飞，方能招财进宝。

人的钱财要么留给亲属，要么留给社会。两头兼顾数量适中自然最好。把一大笔财产留给年幼无知的继承人，那将引来贪婪的鹰鸷，等于是给他招灾惹祸。为虚荣所设的捐赠如同无盐的祭品①。那徒有其表的坟墓，里面不过是速朽的残骸②。捐款不在多少，在于实用。为善当在生前，临终遗赠，岂非慷他人之慨。

选自《随笔集》

---

① 《旧约·利未记》第 2 章第 13 节："凡献为素祭的供物，都要用盐调和，在素祭上不可缺了你神立约的盐；一切供物，都要配盐而献。"

② 《新约·马太福音》第 23 章第 27 节："你们这假冒为善的文士和法利赛人有祸了！因为你们好像粉饰的坟墓，外面好看，里面却装满了假善和不法的事。"

# 论放贷

与其纵容它暗中肆虐，不如公开承认加以规范。

　　放高利贷者难免遭到众人的挖苦非难。人们说，十分之一的收入本该献给上帝①，可惜却被魔鬼占有了。债主连礼拜天都忙于钻营，不守安息日的规矩，罪莫大焉。债主就像维吉尔所谓的雄蜂：

　　"懒惰的雄蜂被逐出蜂房。"

　　人类的先祖堕落之后，上帝曾言"你必汗流满面才得糊口"②。而不是靠他人的汗水得食。人们说，债主破坏了上帝的这条戒律，应该戴上茶黄色的帽子，因为他们的行径已和犹太人差不多了。又说以钱生钱有违天道等等。我说放债是上帝"允许狠心人做的一件事"。既然有借有贷，而人的心肠又太硬，不愿无偿借钱给人，放贷生利也就情有可原了。有些人曾质疑银行、资产调查和新的做法，并提出一些

---

　　① 《旧约·利未记》第 27 章第 30 节："地上所有的，无论是地上的种子，是树上的果子，十分之一是耶和华的，是归给耶和华为圣的。"

　　② 《旧约·创世记》第 3 章第 19 节："你必汗流满面才得糊口，直到你归了土，因为你是从土而出的；你本是尘土，仍要归于尘土。"

聪明的建议，关于借贷却没有什么精到的见解。在此不妨把高利贷的利弊摆出来加以分析，从而做到趋利避害。

放贷有种种害处：第一，高利贷减少了经商的人。若没有放贷这种坐享其成的生意，金钱也不会滞留不动，钱大多会涌向商业，而商业仍是国家财富的命脉。第二，高利贷败坏了商人的品质。一个农夫如果可以坐享高额地租，他就不会精心耕作。同样，商人如果有高利贷进账，他就不会努力经商。第三，由上述两点导致这第三大害处，减少了君主和国家的税收，因为商业的兴衰直接影响到财政。第四，它使君主国或共和国的财富为少数人所掌握。因为放贷者的收入可确保无虞，其他的收入却是不稳定的，游戏的结果，钱大多滚进了债主的腰包。而国家的昌盛则有赖于普遍的富裕。第五，高利贷使地产贬值，土地买卖需要用钱，债主却劫取了买卖双方的钱财。第六，高利贷阻碍了各行各业的改良和革新，若不是高利贷从中作梗，本来可以有钱来促进这些事业。最后，高利贷使许多人倾家荡产，最终将导致普遍的贫困。

在另一方面，放贷也有益处：第一，放贷在某些方面阻碍了商业的发展，但在另外一些方面又能促进商业的发展，因为许多年轻的商人是靠有息借贷来经商的，如果债主收回贷款或有钱不借，就会导致商业活动的停滞。第二，若无这种便利的有息借贷，人们在急需资金时将一筹莫展，只得被迫贱卖自己赖以为生的财产（土地或资产）。高利贷固然榨取他们的利润，残酷的市场则会将他们一口吞掉。抵押和典当也于事无补，因为，如没有利息，人们就不肯接受典当物。要是人们愿意收受无息典当，那么肯定是在觊觎这些典当物。记得一个狠心的乡下阔佬常说："让放贷见鬼去吧！它搞得我们难以没收抵押的资产。"第三，无息借贷仍是一种空想，如果禁止放贷，就会导致难以想象的不便。可见，取消借贷无异痴人说梦。所有的国家都有借贷，只不过利率和方式略有不同罢了。且将废止借贷这种主张送到乌托邦去吧。

　　现在来谈谈对放贷的改良和规范，看看怎样才能尽量趋利避害。权衡其利弊，调和其短长。一方面，磨钝高利贷的利齿，让它不至于咬得太狠。另一方面，打开渠道，吸引有钱人向商人放贷，从而促进贸易。要做到这一点，必须设立高低不同的两个利率标准。如果将利率压得过低，普通人都能承受，商人想贷款就不容易了。必须指出，经商利润最高，能够支付高利率，其他的行业则不堪负担。

　　要达到这两大目的，简单地说有如下的办法：第一，设两种利率，其一是自由而普遍的。其二则为针对某人某地区商业活动的专项贷款。前者的利率降至百分之五，宣布此项贷款是自由和通行的，国家不会加以干预。这就可以保证借贷活动不会停滞，为国内无数的借贷人提供了便利。这还会使土地增值，因为租地以 16 年为期的还贷，每年可产生百分之六或稍高的利润，而贷款利率只有百分之五。同样，这也会激励人们投资工业和从事其他有益的活动，因为大多数人当然宁愿投资高于百分之五收益的行业，对于那些习惯于追逐高额利润的人来讲尤其如此。第二，特批某些人以较高的利率向大商人放贷，同时也得有些防备措施。利率还须略低于商人以前所付的额度，使商人或其他人都能从改革中有所得益。

　　让人人都做自己金钱的主人，不要受制于银行这类的金融机构。不是我讨厌银行，而是其形迹可疑，实在难以令人置信。国家发执照特批可收取小额费用，其余的利润则归放贷者所有，少量的收费不会让放贷者望而却步，原来有百分之十或百分之九的利润进账的人，不会因为利率降至百分之八而洗手不干，他不会放弃稳当的收入转而去追逐有风险的利润。对于特许的放贷人不必在人数上加以限制，而应当规定其经营的区域必须限定在大城市和商业发达的市镇，以免他们染指别人的钱财。这些特许可获利百分之九的放贷者就无法汲取本应用于百分之五利率的贷款，因为没人会把钱借到遥不可及的地方，也不会把钱托付给陌生人。

如果有人持有异议，认为我的主张使高利贷合法化，而以前那只是在某些地区暗中流行。我的回答是，与其纵容它暗中肆虐，不如公开承认加以规范。

选自《随笔集》

# 论幸运

一夜暴富令人心浮气躁投机成性，来之不易的幸运方能造就人才。

无可否认，幸运往往缘自偶然的外因：得宠、机遇、他人去世、生逢其时。但幸运主要还是掌握在自己手中。诗人说："人人都是自己命运的设计师。"最常见的外因是，你的愚蠢正是我的机遇。他人的错误成全了我的发迹。"蛇吞蛇，可变龙。"

外才可以赢得赞扬，内秀方能招来好运。那种自我调节的能力难以言传，西班牙语中"desemboltura"一词或许稍能形容一二，它指性情坦荡，无拘无束，思想之轮与幸运之轮并行不悖。李维这样描述老加图①："他精神高尚，体魄魁伟，无论出生在什么家庭，都能靠自己赢得好运。"他还指出老加图"多才多艺"。可见，只要目光敏锐，细

---

① 李维 Titus Livius（公元前 59~公元 17），古罗马历史学家。著有《罗马史》。老加图 Marcus Porcius Cato（公元前 234~前 149 年），古罗马政治家、作家，著有《农业志》。

心观察，就能看到幸运女神。她虽然是盲目的，却不是无形的。

幸运之路犹如银河，那里不是孤星闪烁，而是群星璀璨。可见正是由许多细微而不起眼的美德，或者说那些才干和习性使人交上好运。意大利人倒是看到了这些人们不太在意的事情。在谈到某人事事顺利时，指出那人的种种长处后，他们会说他有点"傻"。只要不至于老实过头，略带傻气，倒是能带来好运的两大特性。极端的爱国者和死心塌地的忠仆从来不会走运，幸运和他们无缘。因为不为自己着想的人，走的不是自己的路。一夜暴富令人心浮气躁投机成性（法国人称为"冒险家"或"妄人"），来之不易的幸运方能造就人才。

幸运女神值得尊敬，为了她的两个女儿"自信"和"荣誉"也该如此。这两大幸运前者出自内心，后者得之他人。为防他人嫉妒，智者不矜己能，而往往归功于天意和运气，从而安享其成，况且吉人自有天佑。所以，恺撒对暴风雨中的舵手说："船上载着恺撒和他的运气。"苏拉称自己是"幸运的"，而不是"伟大的"。有史可鉴，矜能伐功者不得善终。史载雅典人提谟修斯①在汇报自己的政绩时，不时插上一句："这与运气无关。"他后来事事不顺。有的人运气就像荷马的诗句那样流畅自如无与伦比。普卢塔克就是这样论及提摩莱昂②的运气，并将他与阿格西劳斯或伊巴米农达③的命运作了比较。可见幸运与否，还是取决于本人的素质。

选自《随笔集》

---

① 提谟修斯 Timotheus（？～公元前 354 年），希腊政治家、将军。
② 提摩莱昂 Timoleon（？～公元前 337 年），希腊政治家、将军。
③ 伊巴米农达 Epaminondas（约公元前 410～前 362 年），希腊政治家、将军。

# 论死亡

复仇之欲压倒死亡，爱恋之情蔑视死亡，荣誉之尊高于死亡，悲伤之极向往死亡，畏惧之心期待死亡。

成人怕死，就像小孩怕在黑暗中行走。种种鬼怪故事增加了孩子天生的恐惧，对死亡的渲染则增加了成人的恐惧。

死亡是原罪的代价，是进入另一世界的必由之路。① 对死亡加以这般沉思乃不失其圣洁虔诚之意。如把死亡视为对自然的纳贡，因而畏惧死亡，则未免失之脆弱。然而，宗教沉思不时带有虚无和迷信的色彩。在某些修道士的自戒书中可以读到，人当自思一个手指受到酷刑摧残时的痛楚，由此可见死亡之时全身溃烂的痛苦。其实，人体的要害部位未必是最敏感的部位，死亡也未必总是比一肢受刑更为痛苦。有位古人曾以哲学家和世俗之人的身份说道："与死俱来的一切，比

---

① 《新约·罗马书》第 6 章第 22—23 节："但现今你们既从罪里得到了释放，做了神的奴仆，就有成圣的果子，那结局就是永生。因为罪的代价乃是死；惟有神的恩赐，在我们的主基督耶稣里，乃是永生。"

死亡本身更为可怕。"① 叹息呻吟，痉挛抽搐，惨白的面容，亲友的哭泣，黑色的葬服，沉闷的葬礼，凡此种种均使死亡显得格外恐怖。值得注意的是人内心的情感尽管脆弱，却也未必不能与死亡的恐怖相匹敌，进而战胜对死亡的恐惧。既然有这么多与死亡抗衡的因素伴随着人，死亡也就不再是令人畏惧的大敌了。复仇之欲压倒死亡，爱恋之情蔑视死亡，荣誉之尊高于死亡，悲伤之极向往死亡，畏惧之心期待死亡。

奥托②大帝自杀之后，臣仆因出于哀怜（一种脆弱的情感）而为之殉葬，以示忠君。此外，塞内加也指出两个厌生的原因：苛求和腻烦。他说："试想你老是做同样的事情，无论是勇敢的人或倒霉的人，都会厌倦得想一死了之。"即使你不是勇者，亦非穷途末路之人，反复做同样的事也会厌倦，感到生不如死。

值得一提的是，意志坚强的人面对死亡是那么从容自若。奥古斯都③大帝在弥留之际还向皇后问候："别了，利维娅④，我走了，望你记住我们的婚姻生活。"死到临头，提比略⑤仍在弄虚作假，历史学家塔西佗⑥写道："提比略已奄奄一息，但作假的才干却依然如故。"韦

---

① 指古罗马哲学家塞内加 Seneca（约公元前 4～公元 65）。其著作有：《幸福的生活》《论短促的人生》《论神意》和《论道德的书简》等。

② 奥托 Otho（32～69），69 年 1 月成为罗马皇帝，后因兵败自刎。

③ 奥古斯都 Augustus（公元前 63～公元 14），古罗马帝国第一代皇帝。原名盖乌斯·屋大维，其统治时期为罗马世界的黄金时代。

④ 利维娅 Livia（公元前 58～公元 29），奥古斯都大帝之妻。屋大维死后，她害死多位争取王位的对手，使自己的儿子提比略登上王位。

⑤ 提比略 Tiberius Claudius Nero（公元前 42～公元 37），古罗马皇帝。原为奥古斯都养子。

⑥ 塔西佗 Publius Cornelius Tacitus（约 56～约 120），古罗马历史学家。著有《日耳曼尼亚志》《编年史》等。

# 培　　根
## 散 文 精 选

斯巴芗①垂死之际坐在凳子上言笑如常："我飘飘欲仙。"加尔巴②在大难临头之时从容说道："砍吧，只要对罗马人民有利。"言罢引颈就戮。塞维鲁③视死如归，他说："要杀便杀，如果没别的事。"这种事例不胜枚举。

斯多葛学派④显然把死看得太重，对死亡事先考虑过多，致使死亡更加令人生畏。有人讲得好："死亡乃自然之一大恩惠。"⑤ 死犹如生，乃自然之事。对婴儿而言，生之痛楚未必亚于死之苦恼。在强烈的追求中死亡，就像在情绪激昂时受伤一样，不会有疼痛的感觉。所以，矢志于崇高事业的人也能超越死亡的痛苦。"如今让你的仆人离去吧。"⑥ 切记，期望如愿，壮志已酬之时所唱的圣歌才是最甜美的歌。死亡开启荣誉之门，熄灭嫉妒之心。"生前招恶语，死后多美言。"⑦

选自《随笔集》

---

① 韦斯巴芗 Titus Flavius Vespasianus（9~79），古罗马皇帝。在位期间大兴土木，新建罗马大斗兽场和凯旋门。

② 加尔巴 Servius Sulpicius Galba（公元前5~公元69），古罗马皇帝。

③ 塞维鲁 Septimius Severus（146~211），罗马皇帝。

④ 斯多葛学派：古希腊和罗马时期的哲学学派，斯多葛学派相信一切哲学探究的目的都在于给人以心灵的平静。该学派的创始人为芝诺（公元前340~公元前265）。

⑤ 指罗马讽刺诗人尤维纳利斯 Juvenal（55~127）。他的《讽刺诗》对后世影响颇大。

⑥ 《新约·路加福音》第2章第29节："主啊！如今可以照你的话，释放仆人安然去世。"

⑦ 语出罗马诗人贺拉斯 Horace（公元前65~前8年）的《书札》。